FOLIO POLICIER

Michel Steiner

Mainmorte

Édition revue par l'auteur

Gallimard

Né à Toulouse en 1946, Michel Steiner est docteur en psychologie et psychanalyste.

« Remarques sur l'illégalité du poème :
… Pourquoi les droits poétiques ne figurent-ils pas comme droits de l'homme ? Essentiellement, parce que ces droits sont dangereux : il s'agit de délivrer l'inconscient, d'ouvrir des vannes, de laisser et exploser et explorer le désir. Rien n'est plus dangereux dans une société que le désir du sujet délivré, désir aveugle, désir sans objet d'avance définissable… »

PIERRE LEGENDRE,
Paroles poétiques échappées du texte.
Éditions du Seuil

Cuisiné ! Le corps, du bout des pieds au sommet de la tête, avait été cuisiné. Les regards étaient hallucinés.

Maître Lebuc, huissier de justice, gisait au beau milieu de ses appartements en morceaux reconstitués et finement accommodés.

La tête était préparée à la manière d'une tête de veau, et paraissait plus blanche encore.

Le crâne décalotté laissait voir une cervelle mitonnée avec soin. « Elle est au beurre blanc ! » murmura, à peine audible, l'Inspecteur Lepintre sans pouvoir plus articuler. Le vertex avait tous ses cheveux et, rempli de vin, il était comme une coupelle en offrande à quelque démon.

Le visage du mort était pris dans une gelée translucide. Le corps était évidé, très largement ouvert, du haut du cou jusqu'au pubis ; tous les viscères étaient préparés suivant des recettes que l'on devinait scrupuleusement suivies, jusque dans les temps de cuisson.

Cou farci, foie haché œuf et oignons, généreusement poivrés, cœur sauté persillé, poumons en ragoût, tripes à la mode de Caen. La jambe droite était rôtie, la gauche préparée à la façon d'un jambon blanc exhalait le romarin, le bras gauche était cuit en croûte, laquelle était artistiquement ciselée.

Le pénis, les testicules étaient recouverts d'un caramel ambré et fortement odorant, identique à celui avec lequel on glace les pommes. Le corps avait été démembré avec soin, la tête était séparée de la base du cou puis, après cette macabre préparation, l'huissier avait été reconstitué comme un petit puzzle fait de pièces géantes.

Lepintre, ma carte de presse à la main, se tourna vers son homologue plus jeune :

— Je pensais avoir tout vu, j'étais persuadé jusqu'à aujourd'hui que rien ne pouvait plus me surprendre : un fou vient de faire déborder mon imagination !

Le jeune inspecteur ne répondit pas, son regard était fixe, il était figé, semblable au mort.

— Vous êtes Olivier Sandrin du journal *Le Matin* ?

— Oui inspecteur.

Le bras droit de maître Lebuc était intact, de l'articulation de l'épaule jusqu'au bout de ses ongles qui étaient très soignés. Ce membre, tel un reste, paraissait soutenir à lui seul la dimension monstrueuse de ce qui se donnait à voir.

Il y avait à l'évidence une grande recherche dans la mise en scène de ce bras, de cette main et de ces doigts.

À première vue, maître Lebuc semblait sucer son index comme tout bon saucier. Ses yeux, derrière un miroir de gélatine, avaient une expression gourmande et pleine de satisfaction.

Mais cette image ne tenait pas, elle faisait même chanceler ma raison et je voyais bien que les autres, statufiés, effarés, ne parvenaient pas plus que moi à la soutenir.

Le doigt n'était pas suçoté, il poussait la bouche dans sa propre béance après que tout le reste du corps du malheureux y fut passé, et ce qui y était broyé éclatait au-dessous, dans la gorge, comme au sortir d'une corne d'abondance. Il semblait qu'un incroyable processus s'était soudainement figé, et ce au moment même où je voulais rétablir ma raison, ce que je ne pouvais faire qu'en fermant les yeux. Cette bouche, que je ne pouvais imaginer que fonctionnant dans les deux sens, s'imposait à moi comme l'indicible machinerie d'un alchimiste capable d'effrayer le diable en personne.

Dans la vision immédiate de cette horreur, tout mon être était pris dans un arrêt sur image. L'inversion du mouvement, le déroulement du temps paraissaient pouvoir se faire aussi facilement que dans un film.

Dans l'instant, je vivais la fin de l'irréductible écart entre le cinéma et le théâtre. Ce corps innommable se confondait avec son image ; comme elle, il était libéré de tout le poids de la matérialité.

Le matin même, j'avais trouvé au journal l'incroyable enveloppe kraft au format A4 sur laquelle était écrit, à la main : *à l'attention de Monsieur Olivier Sandrin*. Le mot « personnel » ressemblait à une signature, il était souligné de deux courbes parallèles, jusque dans leurs défauts. Mon attention avait été attirée par le fait que l'enveloppe n'était pas timbrée, elle avait été déposée sur place, dans la boîte.

Je déglutissais mon café au moment où le cliché contenu dans l'enveloppe glissa sur mon bureau : je manquai de m'étouffer. Cette photo plongeante de la tête aux pieds de l'huissier avait été prise de l'endroit où je me tenais à présent, dos à la fenêtre, à un mètre de la table sur laquelle reposait le corps. En bas à droite de ce cliché couleur, une flèche réalisée à la main indiquait d'aller voir au dos. Il était écrit : *Maître Lebuc, tel que vous le trouverez dans sa salle à manger, au premier étage de son étude, 24 Bd Galant, Les Pavillons sous Bois*.

L'enveloppe contenait un courrier édité sur une imprimante laser. Pour lester ma raison d'une pensée consistante afin d'échapper à la fascination de l'image que j'avais sous les yeux, je me dis à voix haute :

— Belle qualité d'édition, sans doute du 600 dpi… Il a les moyens !

Cher Monsieur,

J'ai choisi Le Matin, *et vous comme journaliste pour rapporter l'histoire folle que j'ai décidé de fabriquer.*

Entre la police et moi vous serez en première

ligne, le premier informé et a priori *le seul. J'aime assez la manière que vous avez de narrer les petites histoires de la vie quotidienne, aussi, je vous offre matière à exercer votre talent en vous projetant sous les feux de la rampe. Mais sachez que je n'hésiterai pas à me tourner vers un autre canard, un tabloïd londonien, si vos articles, à l'inverse de ma popote, s'avéraient sans piment, sans saveur. J'ai bien conscience que mes exigences ne manquent pas de sel ! Transcrivez dans votre journal certaines de ces lignes, ou toutes.*

Histoire d'avoir un signe certifiant mes expéditions, toutes seront estampillées des trois chiffres « 2, 2, et 4 ». Vous devinez l'amour que je nourris pour les huissiers… J'expérimente sur le versant de l'imago, et je vous renvoie à cette pensée d'apparence un peu folle qui touche au nouage du mot au corps, et du corps à son image dans le miroir : — Les miroirs qui réfléchissent mais ne pensent pas ! — comme a écrit le poète. Vous remarquerez que j'introduis dans ma tambouille une dimension de plus qu'Umberto Eco, qui ne travaille la question du nom, du « Nom de la Rose *» que dans une relation univoque, autrement dit, religieuse. Que le mot soit antérieur à la chose est à la base des dogmes fondamentaux de la mythologie judéo-chrétienne, aussi sûrement que le trait précède les axiomes de la géométrie.*

« En premier fut le verbe » est le paraphe du Divin censé attester de la résolution sans reste de la chose dans le mot, en fait de son meurtre. La

dimension supplémentaire dont il est question plus haut est celle du miroir, non pas de son nom, il n'est pas question ici du « Nom du Miroir », mais du regard qui s'y surprend et qui s'y fonde.

Dans cette image, mon image, —J—'y suis, le bras, l'index tendu vers cet ailleurs, je suis là, là où justement je ne suis pas. « Je » se fonde dans cet irréductible écart.

Cette question travaille au corps les spécialistes de l'image/produit au service du politique et des marchandises. J'ai fabriqué une image quasi philosophale, pure, sans nom, accueillante, c'est-à-dire ouverte à toutes les marques déposées en mal de diffusion.

Mon Lebuc va considérablement multiplier les ventes du Matin, *le nombre de vos annonceurs et le prix des surfaces.*

Mes horreurs sont une étude, je vais dénouer des corps de leur image en les travaillant jusqu'à toucher à la limite et détourer l'innommable objet de référence des publicitaires.

Comment désagréger un agrégé ? Sans le bras il est un agrégé manchot, sans les deux jambes il est un agrégé cul-de-jatte, décapité il est un agrégé sans tête ! Lorsque l'agrégé est mis en pièces dans la réalité de son corps, son reflet dans le miroir comme travaillé par ce label que transporte votre regard qui s'y plonge semble refuser toute altération de sa complétude : l'agrégé n'est pas désagrégeable ! Alors, où est-il ? En va-t-il de même de l'huissier de justice ? Que faut-il confisquer, saisir de sa personne pour qu'il ne soit plus ? Dressé comme un buffet, est-il tout aussi insaisissable que l'agrégé désagrégé ?

J'ai fabriqué ce corps arraché à son image, remarquez comme il est confondant, littéralement innommable. Pauvres cinq étoiles, 20/20, pauvres petits toqués du culte de l'oralité, voilà ce que dévorent les demi-dieux !

Je suis dans la hâte de préparatifs, conseillez donc à l'inspecteur de police qui suivra cette affaire de prendre contact avec une de mes connaissances, le docteur Borce, un psychiatre qui a mitonné un policier bien ficelé... Si je puis dire !

En le lisant, vous découvrirez qu'il a les relations qu'il faut pour aider ces fonctionnaires de police intellectuellement figés dans la concaténation des signifiés, ce que ces malheureux appellent des indices. Des traces, je ne compte pas plus en produire qu'un bateau sur la mer, ce sont plutôt à des signifiants que les flics auront à faire.

Outre ceux de ma perdition qui sont à découvrir ici, dans ce texte, je propose à la police un rendez-vous précis chez ma prochaine victime dont les coordonnées sont à extraire de cette énigme que je signe du nom d'emprunt de Saint Jullien d'If :

« FORME D'UN INCRÉÉ DONT LE COMPTAGE ABOLIT LES DISTANCES. »

PS : Vous constaterez que j'ai employé une fois le masculin, n'allez pas en déduire qu'il m'a échappé.

224^{ment} *vôtre.*

Minuit

*

L'inspecteur Lepintre avait à la main l'enveloppe et son contenu, qu'il sortait et rentrait compulsivement. Fin de quarantaine, un petit mètre soixante-dix, mince, des cheveux courts et châtains, il arborait une moustache drue taillée en balai brosse. Très soigné de sa personne, il paraissait ordonné et consciencieux, précis, peu émotif et globalement pas très vif, quoique malicieux.

Le médecin légiste était comme enrayé, il semblait aussi embarrassé que s'il avait été mandé à la suite d'une défaillance quasi mécanique d'un de ses supérieurs. Il se tenait devant le défunt comme devant un extra-terrestre prêt à bondir et susceptible de le dissoudre totalement au moindre effleurement. Par moments il se figeait, comme pris dans une gélatine invisible : il ne pouvait pas toucher le corps, quelque chose l'en empêchait.

Tous les regards étaient ailleurs, et l'éternité d'une seconde, il me sembla que nous étions tous pris dans la leçon d'anatomie de Rembrandt. J'inspirai profondément : j'attendais du médecin une parole dégagée et forte, ou à défaut une plaisanterie, même de mauvais goût : mais rien ne venait, alors s'installa en moi le sentiment confus d'être devant maître Lebuc comme devant quelque objet dont toutes les disciplines scientifiques ne veulent absolument rien savoir, pour le plus grand bien de la connaissance et de la raison.

J'étais captif de mes pensées, promené d'une scène à l'autre avec la régularité d'un balancier sur lequel il m'était impossible d'agir. Pour sortir de ce cauchemar, il fallait qu'un autre que moi parle haut et fort, hurle péremptoirement quelque chose... J'attendais, moi, Sandrin, soixante-huitard et vieil anar, ma libération d'un ordre !

L'inspecteur Lepintre brisa le silence :

— Frémont... Bordel ! Réveillez-vous ! Ne laissez pas monter le personnel de l'étude ! Personne ici ! Pas même la famille !

Magie des mots... Comme un ordre divin commandant à ma poitrine, j'entendis : respirez ! Dès cet instant, j'aimai Lepintre.

— Embarquez-moi ça ! Autopsie, analyses et tout le tralala.

Un essaim de techniciens prenait des empreintes, des poussières, trois inspecteurs sous le regard d'aigle de Lepintre relevaient tout ce qui pouvait l'être.

La serrure de la porte d'entrée au rez-de-chaussée était intacte, aucune effraction apparente, l'étude et l'appartement de maître Lebuc étaient impeccablement rangés, sa cuisine était nickel.

Les flashs répétés du photographe de la PJ produisirent des phénomènes d'apparition et de disparition en illuminant le visage derrière la couche de gélatine.

Je tentais de prendre des notes ; en une heure, j'avais écrit : *lundi 25 septembre : 10 h*, et barré pour *10 h 30*, et barré de nouveau... tout en me disant qu'il était temps de ne plus jouer à faire la pendule qui écrit l'heure toutes les trente minutes, j'eus un problème d'intervalle, de commencement, une pensée fugitive, totalement absurde et hors sujet. Je questionnai un horloger imaginaire, un Tyrolien d'origine suisse fabricant de coucous : faire « coucou » toutes les trente minutes, est-ce que ça fait sortir l'oiseau deux fois ou trois fois la première heure ?

Lepintre interrogeait le personnel de l'étude. Ils étaient trois : deux rombières revêches affichant une petite quarantaine dramatiquement canonique, dont la féminité et le charme s'étaient absentés ou enfuis. Elles ne devaient marcher qu'à l'injonction dans le respect du droit et de la hiérarchie au boulot, et au règlement intérieur en dehors. Le clerc avait la braguette sale et sans relief, la trentaine, il était petit, grassouillet et mou, avec l'air buté et le cheveu gras. Le col de sa chemise, repassé avec sa crasse, était soulevé sur les côtés par une solide cravate qu'on ne lui aurait empruntée que pour se pendre.

— Maître Lebuc a été assassiné. Quand l'avez-vous vu pour la dernière fois ?

— Vendredi à dix-huit heures, répondirent-ils d'une même voix.

— Quelqu'un ici à cette heure ? Maître Lebuc avait-il un, ou... des rendez-vous ?

— Non.
— Des menaces ?
— Non.
— Rien de plus qu'à l'ordinaire ?... Rien d'inhabituel ?... Maître Lebuc avait-il l'air soucieux ou inquiet ?
— Non, au contraire ! ajouta une des femmes.
C'était la première fois qu'un des employés répondait seul.
— Comment ça « au contraire », que voulez-vous dire ?
— Il était gai, et même un peu blagueur. En partant, il m'a dit : Amusez-vous bien !
— C'est tout ?
— Oui.
Lepintre, qui n'avait pas l'air d'être un joyeux luron, soupira, releva lentement les sourcils, se pinça les lèvres et afficha un air exaspéré. Son expression indiquait on ne peut mieux qu'il contenait une grosse colère.
Les trois employés étaient au garde-à-vous. Le jeune Frémont passa des notes griffonnées à son patron.
— Cinquante-neuf ans, né à Laroche-Migennes, divorcé il y a dix ans... Arrêtez-moi si je me trompe !
Lepintre ponctuait sa lecture de longs silences, il fixait dans ces temps morts le groupe, obtenant par l'absence de toute dénégation leur assentiment muet.
Tous trois opinaient du bonnet, suivant l'amplitude et le rythme d'une prière juive. Dans les moments de silence, ils continuaient à dire oui de la

tête, ils anticipaient sur ce qui allait être énoncé, comme si la police ne pouvait pas être mal renseignée. Lepintre attendait patiemment que les têtes se figent avant de reprendre sa lecture ; il devait savoir que ces balancements qui s'attardaient étaient la conséquence d'une loi mystérieuse engrenant matière et pensée, le chef, depuis les cervicales, au respect éperdu des institutions.

— Sa mère vit à Laroche-Migennes ainsi que sa sœur, de quatre ans son aînée. Catholique, peu ou pas pratiquant ?

Ils regardaient ailleurs.

— Un mètre soixante-dix-huit, soixante-douze ou treize kilos, bonne constitution d'après son médecin… Migraineux, abonné à une revue professionnelle et à rien d'autre…

Les ronds-de-cuir s'agitèrent comme des otaries de cirque devant un poisson.

— Éclectisme musical et littéraire, pas de pratique sportive.

Lepintre amorça un cruel decrescendo :

— Maître Lebuc avait des activités de loisir particulières, une passion ? Un hobby ? Un centre d'intérêt ?… Quelque chose ?

Ils firent mine de chercher dans leur mémoire.

— Il travaillait beaucoup, dit l'une des employées.

Les deux autres prirent l'air grave pour signifier leur accord.

— Les timbres-poste français ! Les « non-oblitérés », précisa le clerc.

— Les « non-oblitérés » ?

— Oui.

— Une femme dans sa vie ? Une histoire récente ? Des appétences… singulières ?

Les trois paires de joues s'empourprèrent, chacun imaginait.

— Non.

— Des amis ?

— Oui…

— Vous les connaissez, vous les avez déjà vus ?

— Heu… non.

— Il cuisinait chez lui ? Il allait au restaurant ?

— Il achetait des conserves et du fromage, il adorait le « Hollande » et juste à côté, il prenait des plats cuisinés. Parfois, il allait à la brasserie à deux cents mètres… Il ne buvait que de l'eau et ne faisait aucun excès !

Je me dis que cet huissier était devenu des pieds à la tête tout ce qu'il s'était refusé depuis toujours.

— L'étude restera fermée aujourd'hui. Pour la suite, voyez avec le juge. Frémont ! Récoltez les noms, les adresses et les téléphones qui traînent ! Vous aurez tous les trois à déposer dans les jours qui viennent. Je vous prie de porter toute votre attention sur les dossiers, vérifiez qu'aucun d'eux ne manque, remontez aussi loin que votre mémoire vous le permet ! Quel est le plus ancien d'entre vous ?

— C'est moi, répondit une des femmes. J'étais là du temps de maître Remartre, à qui maître Lebuc a succédé il y a dix-neuf ans.

— Sortez-moi tous les dossiers avec un psy…

quelque chose ! Psychiatre, psychologue, tout ce qui commence par « psy ».

Je pensai que la demande de l'inspecteur n'était pas très claire. Les clercs étaient si stricts qu'ils allaient chercher les noms de famille commençant par « psy ».

— Bon ! dit Lepintre dans un soupir en me regardant… Vous aussi vous allez déposer. Et me prenant à part : vous avez remarqué que je vous ai laissé suivre l'enquête comme si vous étiez de la « maison »… Autant faire comme ça puisque vous serez informé avant nous, à moins que nous n'arrêtions ce fou avant son prochain meurtre. Il écrit qu'il va remettre ça !

— Ce fou… ou cette folle ?

— Que faisiez-vous ce week-end ?

— J'étais à Étretat, chez des amis, avec ma compagne et mon fils. Je ne manque pas de témoins, nous étions huit !

— Donnez à mon adjoint les noms et coordonnées des personnes avec lesquelles vous étiez. Je veux aussi votre adresse et tous les numéros de téléphone où vous joindre. Vous avez un portable ?

— Oui.

— Moi aussi ! Contactez-moi immédiatement de nuit comme de jour si vous avez du neuf ! Vous jouerez franc-jeu, je peux compter sur vous ?

— Puis-je rester et faire le tour de l'appartement et de l'étude ?

— Dans cinq ou dix minutes, lorsque Frémont aura confirmation de votre emploi du temps de samedi et dimanche. Mais ne touchez absolument à rien, à rien du tout ! Et pas de photo !

— Je n'ai pas d'appareil !

— Je ne vous donne pas de conseil, mais si vous voulez que ça fonctionne bien entre nous, ne rapportez pas directement ou indirectement dans votre journal que vous avez des passe-droits avec la police. Rien sur le déroulement de l'enquête, pas de nom de témoin, ne nommez pas Borce. Vous connaissez votre travail ? Passer outre mes recommandations ne serait bon ni pour vous, ni pour moi. Nous sommes d'accord ?

— Nous sommes d'accord !

— À votre place, la photo du mort, je ne la publierais pas. D'un autre côté, la presse étrangère ne se gênera pas… C'est une affaire qui vous regarde, vous et votre rédaction. Lorsque vous aurez fini de faire le tour de l'appartement et de l'étude, je veux vous parler, on déjeune ensemble ?

— J'ai rendez-vous au journal… Et je n'ai pas très faim !

— Dites-leur que vous avez été embarqué !

Lepintre ajouta :

— En barquette… dans le panier à salade ! Oubliez ça, c'est une plaisanterie totalement nulle !

— Une question, inspecteur : maître Lebuc était-il riche ?

— Oui. Essentiellement des biens immobiliers.

Le corps de l'officier ministériel, conditionné avec soin dans un épais sac en plastique noir, fut expédié à la médecine légale.

Le pavillon de l'huissier était au centre ville. Il datait de 1912 et était l'œuvre d'un architecte qui avait fait graver son nom un mètre au-dessus de la porte d'entrée.

De la pelouse, des arbres, aucun fruitier, une devanture dissuasive faite de lances verticales jointes par des plaques de fer, le tout surmontant un mur de pierre. Tout était gris, sauf les larges pointes des piques qui étaient dorées, comme sa plaque.

Les trois autres côtés étaient bordés par les murs sans faille de maisons bourgeoises mastoc qui semblaient avoir décidé de tourner à jamais le dos au 24 du boulevard Galant.

Les trois employés s'affairaient, à la recherche de quelque absence, ou d'un signe. Il y avait tant de papiers qu'une forêt entière devait avoir été sacrifiée à la rédaction des actes. Je me dis alors, pur produit de mes mauvais souvenirs : pour en faire ça, couper une branche, c'est déjà trop !

À l'étage, le mobilier était hétéroclite. J'étais envahi de mauvaises pensées, j'imaginais qu'ici le moindre objet avait eu une vie antérieure et que tous avaient été arrachés, confisqués à quelques malheureux, ruinés, essorés, tondus.

Il me vint un morceau de loi : « … possession vaut titre ». Impossible de trouver les mots qui précédaient. Ma mémoire était trouée.

Je m'attendais à voir dans quelque miroir nostalgique dont fut dépossédé un être aimant, l'image retenue d'une promesse de plaisir, d'une mère aux bras largement ouverts, comme pour m'accueillir. C'était la journée aux miroirs : la lettre, la photo, ce corps, mon regard.

La bibliothèque était pleine de livres jamais ouverts, dont seules les tranches étaient dépoussiérées.

La chambre était grande, propre, l'armoire contenait une dizaine de variantes d'un même costume. Faisant le coin, un lit une place. Lebuc ne pensait pas même pouvoir recevoir un jour ici autrement qu'en étant dessous ou dessus. Aucune place à ses côtés. Un petit bureau, une chaise confortable, le téléphone était posé sur un Minitel.

Partout aux murs des tableaux à l'huile et à l'eau, sans fantaisie mais authentiques, à ce point qu'ils semblaient tous l'œuvre d'une machine à vomir aléatoirement de la couleur.

Lepintre s'affairait, donnait des ordres, lisait les feuilles des carnets, écoutait les rapports de ses subordonnés. Il n'était clairement pas satisfait de ce qui avait été glané.

— Sandrin, allons à cette brasserie ! Il est presque treize heures.

— Alors une salade… des feuilles… des tomates… de l'eau, un café et rien d'autre !

L'inspecteur paraissait barbouillé. Il avait une tête à aimer les salaisons, le pâté de campagne et le museau vinaigrette. Il lorgna le buffet d'entrées à volonté et, quoiqu'il fût généreux et composé de beaux produits d'Auvergne, il s'avérait particulièrement tristounet comparé à ce qui nous était passé sous le nez.

— Deux crudités !

Monsieur Raymond, le patron de la brasserie, se tenait debout. Engoncé dans son tablier gris, il ponctuait l'apologie de maître Lebuc d'ordres à l'adresse de sa femme, une rougeaude charnue aux joues fessues. Elle se reconnaissait dans un « Madame Raymond », et ne paraissait nullement souffrir de n'être que ça. Malgré moi, j'associais cette pensée avec l'écrit du maître queux. Je me dis : il en sait des choses, ce dingue. Un psy de première bourre, à coup sûr !

Le tenancier ne tarissait pas d'éloges pour son client à jamais perdu : « il était discret, pas bavard, il ne buvait pas, il ne fumait pas, il ne jouait pas au PMU… »

À l'entendre, l'huissier avait quelque chose d'insaisissable : on ne pouvait se le représenter que par tout ce qu'il n'était pas.

— J'imagine que l'enveloppe a été déposée à votre journal sans que personne n'ait vu personne…

— Exactement.

— Bien, je résume : pas grand-chose que vous ne sachiez déjà ! J'attends le rapport du labo, ce corps cuisiné ne nous renseignera que… sur les ingrédients utilisés, le matériel de cuisson, quelques empreintes peut-être de ce fou… un de ses cheveux ? Je ne sais pas comment dire, le verbe « cuisiner » me choque… Le mot me manque !

— Accommoder ?

— Ah, non ! Je préfère encore cuisiner… Cuisiner c'est cuisiner ! Donc, ce corps n'a pas été cuisiné là, il a été ramené en l'état et tranquillement déposé où nous l'avons trouvé. Pas d'effraction, pas de désordre, l'appartement n'a pas même été fouillé. Pour le moment, aucune piste… Avez-vous remarqué quelque chose de particulier, tout à l'heure, en tournant dans l'appartement ?

— Non, rien… Si, le Minitel dans la chambre a l'air d'avoir été beaucoup utilisé, une composition automatique du 3615 est programmée.

— Monsieur Sandrin… Je vous avais dit de ne rien toucher !

— Je suis passé après vos inspecteurs… Il serait sans doute intéressant de connaître le montant de la dernière facture téléphonique perso de Lebuc, vous ne croyez pas ?

— Quatre mille huit cent douze francs ! Plus de quatre fois le montant des factures moyennes précédentes ! C'est beaucoup pour quelqu'un qui n'a ni ami, ni petite amie !

— Je suis bien d'accord. Avez-vous une idée sur l'assassin ?

— Un « psy », il ne s'en cache pas… particulièrement gratiné et certainement très intelligent… très !

— Je ne sais pas pourquoi, comme vous, je dis « un » et pas « une » ! Pourtant la cuisine… Quoique à ce niveau ! Des pensées idiotes… Mais je les reconnais. Bref ! Un sacré malade ! Sa lettre est saisissante. Je ne comprends rien à ce qu'il écrit : ce soir je vais consulter mon dico. Concaténation des signifiés, signifiants ? Produire des signifiants, dont ceux de sa perdition qui sont à lire dans ce charabia. Et ce Saint Jullien d'If ! Et cette énigme qui ressemble à une définition de mots croisés pour grand fêlé : *Forme d'un incréé dont le comptage abolit les distances.* C'est dingue, complètement dingue !

— Moi, je comprends qu'il prend les flics pour des cons ! Remarquez que si le critère pour ne pas l'être tient à la compréhension de sa prose, il n'a pas tort, ce psy de mes deux ! Nous avons des psychologues à la PJ, des graphologues aussi, mais depuis la généralisation des ordinateurs, ils se recyclent dans la numérologie : une calculette, un pendule et après une semaine de recherche, ils sont capables de vous annoncer triomphalement que 2,2 et 4 sont des chiffres pairs !

Je trouvais Lepintre plein d'humour et même caustique, il aurait pu faire un bon journaliste.

— J'ai un collègue au journal, un correcteur, qui fait aussi de la numérologie ; c'est un as de l'homonymie. Il a découvert que tous les entiers naturels sont « père » ou « un-père » et c'est là tout son drame, cette trouvaille ne laisse de place à sa maman que dans le zéro ! Je vous laisse deviner ce que donne dans sa tête sa propre place de produit ! Zéro par un chiffre…

— Sandrin, vous avez de drôles d'idées… Il ne vous a pas choisi par hasard cet assassin, c'est évident !

Lepintre brandit la lettre, la secoua comme un

supporter d'une équipe de foot agite pour se moquer le fanion confisqué à un alter ego de l'équipe adverse, plus petit et plus faible. Je m'attendais à un geste obscène, mais il n'en fut rien, ce n'était pas le genre de l'inspecteur.

— Dites-moi Sandrin, vous avez essayé de joindre le docteur Borce, je suppose ?

— Oui, mais il est à un congrès à Toulouse. Il ne sera de retour à Paris qu'après-demain.

— Je sais, il est convoqué à la PJ mercredi à la première heure.

— Puisque nous collaborons, puis-je être présent à cet entretien, en toute discrétion ?

Lepintre resta un moment songeur.

— Cette énigme est étrange, elle vous inspire ?

— Pas du tout ! Je bute sur la terminologie ; pourtant je suis un homme de lettres, j'écris et je pense savoir lire. Ma rédaction a pris contact avec un psy qui rédige parfois pour le journal des articles techniques : un nommé Psertak. Il tient avec un de ses potes un fond de commerce où il enseigne la psychanalyse.

— Des bénéfices ?

— Secondaires… Comme disent les freudiens. À mon avis ce n'est pas ou ce n'est plus une histoire d'argent, c'est bien pire… Ce mec a l'air mauvais.

— Vous voulez dire qu'il a le profil du parfait suspect ?

Je me demandais si Lepintre jouait les pince-sans-rire :

— Non, il me fait plus penser à une petite canaille qu'à un monstre de la mythologique grecque.

— Vous pensez que ce Psertak peut trouver la solution de l'énigme ?

— C'est tout à fait possible, il est réputé pour ses connaissances.

— Et cette signature : 2,2 et 4... 224^{ment} vôtre, qu'en pensez-vous ?

— Elle me laisse rêveur... Ce qui est étrange, c'est qu'à force de relire les lignes écrites par ce psychopathe, de les tourner et retourner dans ma tête pour les comprendre, j'en viens à penser que ce texte est sensé. Si ces lignes sont folles, elles sont belles, poétiques.

— Il a facilement trouvé un éditeur. Vous allez tirer votre journal à combien d'exemplaires ?

— Imaginez que, comme vous et moi, des millions de lecteurs totalement étrangers à ce discours hermétique vont lire et relire ce papier, s'accrocher, faire de gros efforts de compréhension et tout cela sans doute en vain. S'agissant d'assurer son propre marketing, ce bonhomme est très fort ! Nous allons voir défiler des spécialistes de la langue de bois qui vont, d'un air condescendant, tenter de nous sortir de notre ignorance. D'une certaine façon, le corps cuisiné de maître Lebuc est le plus incroyable des objets promotionnels ! Combien seront-ils à acheter *Le Matin* pour quelques phrases imbitables ? Vous voyez, il est certainement fou, mais quel expert dans le maniement du langage ! Vous allez trouver que je suis dérangé inspecteur, mais j'imagine bien les responsables marketing des grandes marques d'huile, de beurre, de fines herbes, de casseroles, de cuisinières, excités à l'extrême à l'idée que ce génie ait utilisé leur produit plutôt qu'un autre. Rien ici qui les aide à vendre davantage, mais quelle preuve d'existence pour eux ! Pensez : leur objet, le nom de leur objet, touché par les mains immondes du souverain de leur art !

— Mais… Monsieur Sandrin, vous perdez la tête ?

— Oui, j'ai des moments comme ça ! Tout de même, est-ce un hasard si a contrario des bouchers, charcutiers, ébénistes, vignerons, etc., les publicitaires n'ont pas leur saint protecteur ? Nul antécédent éponyme ! Qui les protège ? Qui les protège là-haut ?

— Diable !

— Je ne vous le fais pas dire : ce criminel sait soigner une image quasi médicalement. Les publicitaires sont des enfants de chœur à côté de lui, ou elle… Non ! « lui », c'est un homme !

— D'où vous vient cette certitude ?

— Il n'y a qu'un homme pour détester, haïr à ce point ceux dont le métier est de saisir ou de confisquer.

— Vous croyez ?

— J'en suis certain ! Cependant il y a un post-scriptum à la fin de sa lettre qui est étrange ; il dit que l'emploi du masculin ne lui a pas échappé. Il écrit « fou » et non pas « folle », et il le relève, il crée le doute… Je ne sais plus… Est-ce à coup sûr à un homme que nous avons affaire ? Finalement, est-ce bien important ?

— Transporter seul un corps, cuisiné, sans qu'il parte en pièces…

— Je n'avais pas pensé à ça… Je ferais un piètre détective.

Lepintre était ailleurs, l'air nauséeux, son regard était rivé sur un client obèse et violacé qui, les yeux exorbités, ravinait à la louche le cervelas sauce ravigote du buffet.

— Et ce rendez-vous énigmatique que le meurtrier nous donne chez sa prochaine victime…

— Il me travaille le ciboulot… Je ne tire rien de cette énigme, absolument rien.

Lepintre posa son téléphone portable ; il avait longuement écouté et uniquement dit avant de couper : « Rien d'autre ? ».

— Dans les tissus du bras intact de maître Lebuc, on a trouvé une très forte concentration de Nozipam, un sédatif extrêmement puissant. Quelque chose comme dix fois la dose que l'on donne à un grand agité adulte, de quoi paraît-il assommer un éléphant ! L'huissier a été endormi puis vidé de son sang. D'après les experts, la mort remonte à samedi soir… Seul le bras non cuisiné était médicalement exploitable. Rien à tirer des ingrédients utilisés. Aucune trace particulière, pas le moindre petit poil. Les différents modes de cuisson ont été déterminés, ils ressortent de l'art culinaire… rien qui puisse faire avancer l'enquête. La découpe du corps, selon les légistes, relève de la technique médicale et pas de la boucherie. Ils ont juste décelé des marques d'acharnement au niveau cervical.

L'inspecteur marqua une pause.

— Enfin, le seul client « psy » de l'étude a quitté la profession pour la confection pour dames. Il mène une vie rangée à Drancy. L'inspecteur Frémont est allé à son domicile. Il a passé tout le week-end avec sa femme, il a joué au train toute la journée de samedi avec un de ses amis tout aussi passionné. Dimanche matin, sa femme a appelé un médecin, il a fait une très forte crise d'asthme. Ce bonhomme est chétif, malingre, il ne pèse pas plus lourd que la cuisse de Lebuc et il n'est pas en état de se porter lui-même. Rendez-vous à la PJ mercredi à 9h30. Vous avez bien nos conventions en tête, Sandrin ?

— Oui.

— Il ne vous a pas choisi au hasard ce ravagé, j'en suis certain... Un de vos lecteurs ! Sortez-moi tous les « psy quelque chose » abonnés à votre journal. Toute la France... Même si, pour des raisons évidentes, il est logique de penser que ce démon habite Paris ou la région parisienne.

Je filai au journal avec cette question en tête : pourquoi moi ? Desperado des faits divers depuis toujours, marginal et journaliste de second ordre... Lepintre avait raison, il ne m'avait pas choisi par hasard, ce... j'étais fier.

*

Mon rédacteur en chef n'avait pas résisté. La photographie était publiée avec une partie de la lettre. L'énigme rendait fou, des centaines d'appels bloquaient les lignes du journal. Tous assuraient en avoir la clé : voyants, astro-numérologues, cruciverbistes psychotiques, métaphysiciens, alchimistes du verbe et du langage informatique. Du fait de son écriture, le meurtrier était nommé partout le « psychanalyste fou ». *Le Matin* avait triplé son tirage et dès dix heures, tous les kiosques étaient en rupture.

J'étais à la une pour la première fois de ma vie et la raison pour laquelle le criminel m'avait choisi parmi tant d'autres journalistes était abondamment commentée dans les médias. Ma rédaction, qui n'était pas d'humeur partageuse, déclinait pour moi les invitations des chaînes de télévision et de nombreuses radios.

Totalement ignoré hier encore, j'étais d'un coup devenu le confrère de toutes les vedettes de l'information. Les stars des grandes chaînes scandaient le mot « horreur » en montant le ton et en marquant son centre d'un silence durant lequel ils trouvaient le temps de placer une expression jubilatoire.

Ils épuisaient leur souffle dans la prononciation du dernier phonème de ce mot, puis ils happaient l'air avant de reprendre leur commentaire, comme un plongeur à bout de souffle éventre la surface de l'eau.

Je me trouvais bien à ma place : je pensais, j'étais libre d'associer mes idées, a contrario de mes confrères du journal parlé, ou plutôt lu, qui rapportaient les faits avec le même degré de liberté de parole que les porte-voix qui annoncent la météo. Je me disais, pauvres acteurs, éternels interdits de séjour, ils ne sont présents que dans leurs mimiques et les temps morts de leurs ponctuations invocatoires.

J'avais bizarrement l'irrépressible envie d'intégrer à jamais une coupure dans l'écriture, et un silence dans la prononciation du mot « existence » : « ex-sistence »… n'être soi-même qu'insistance à émerger d'un « prêt-à-parler » au pire, et des paroles d'un autre au mieux.

Des spécialistes expliquaient que l'assassin était très certainement sensible à ma capacité de pointer la folie sise au cœur des drames.

Lepintre était sur tous les écrans, pourchassé, traqué. Il ne faisait que se répéter :

« Pas de commentaire… L'enquête suit son cours. Je ne peux rien vous dire de plus ! »

La transformation de maître Lebuc posait trop de problèmes de vocabulaire pour que les journalistes se risquent en direct à entrer dans le détail de sa préparation. Je sentais bien qu'un incoercible rire pouvait à tout moment surgir, impardonnable conséquence d'une représentation terriblement angoissante.

Deux journaux satiriques n'y étaient pas allés de main morte.

La Cane rapportait une anecdote : la concierge d'Alexandre Dumas lui avait réclamé sa quote-part de locataire pour acheter une couronne destinée aux obsèques de l'huissier qui habitait l'immeuble; l'écrivain se fendit du double de ce que la femme lui demandait et commenta : enterrez-en deux !

J'avais rendez-vous chez une psychanalyste, Rose Holdem, l'intime d'une vieille copine, une virtuose de la flûte traversière qui jouait quelquefois pour moi seul. J'attendais dans une pièce bourrée de livres. Il y avait un piano, la porte de son cabinet était légèrement ouverte : elle était au téléphone avec une amie, elle riait, j'entendais :

« Rébecca, tu as cauchemardé ? Ton mari te surprenait en pleine baise, au lit, avec ton amant… Je sais que tu n'es pas mariée ! Alors, que te disait-il ? Rêvekélé ! C'est petite Rébecca en yiddish… trisyllabique, « Rêvekélé », tu le prononces comment ? « Rêve… qu'elle est »… Mais ce n'est pas un cauchemar ça ! C'est très drôle ! Freud surgissant en tenue de Loubavitch et s'écriant à la vue du spectacle : « Rêvekélé ! C'est pas bien ! On commence comme ça, et après on fume pour le Shabbat ! ». Tu me racontes une histoire juive que je connais ma cocotte… Tu ne la connaissais pas ? C'est pour ça que tu l'as fabriquée, elle te manquait. Je ne serais pas étonnée que ce rêve soit intimement lié à ton incroyable manie : ta collection de cendriers… Elle a sa place dans les « anales » !… Mais oui ! Avec deux « n », que vas-tu encore imaginer !

La cinquantaine, calme et lascive, grassouillette, l'œil vif, Rose Holdem fumait des Gauloises sans filtre.

Elle lut deux fois longuement la lettre de Méphisto,

prit des notes et regarda longuement la photo de Lebuc sans paraître le moins du monde horrifiée. La courbure de son divan, des plus concaves, indiquait qu'elle avait de la bouteille dans le métier.

— C'est un très bon commentaire des *Métamorphoses* d'Ovide... de la fable de Narcisse. Ce texte est théorique, une mouture freudienne, lacanienne : narcissisme et stade du miroir sont parfaitement rendus.

— Est-ce l'écriture d'un dément ?

— Pas le moins du monde ! Je trouve étrange le passage à l'acte associé à la pensée, le vrai du contenu de la lettre est substance... Somme toute, ce courrier commence par le très habituel « veuillez trouver ci-joint... » et puis des kilos de viande humaine dégringolent... Cette boucherie serait comme la preuve ultime de son texte, le pur garant de sa signification. Ce corps mitonné est la matérialisation de son écrit, il le donne à lire au sens littéral, comme on ajoute parfois le dessin d'un petit cœur dans une lettre d'amour. Il tente d'extraire le mot « vérité » du vocabulaire, comme un sculpteur tire son chef-d'œuvre d'un bloc de granit, aussi il ne dessine pas, il joint à sa bafouille une fressure, et cette triperie, il va la prendre sur la bête après l'avoir choisie et sacrifiée. Ce cœur n'est pas plus à consommer que la lettre d'amour elle-même, il est donné à lire. L'huissier cuisiné est instance de la lettre, indissociable du courrier auquel il est joint ; il y prend place, somme toute, de métaphore miraculeuse. Entendez bien que je ne considère pas cette abomination comme un genre littéraire à imiter ! Je dirais que ce criminel a le désir inconscient de somatiser la métamorphose qu'il a fait subir à cet huissier. Il a le désir d'être une sorte de plat cuisiné en devenir qui se contemple !

Un long silence s'installa.

— À quoi pensez-vous ?

— Je me disais que ce psychanalyste est très certainement diabétique !

— Qu'est-ce qui vous fait penser ça ?

— Son fantasme inconscient est de se sucrer… Alors que faire d'autre que de se transformer en friandise ? Mais quelque chose cloche et je ne sais pas vous dire quoi !

— Un petit effort ?

— Le plus souvent, on ne tient pas plus que ça à voir son plus cher désir se réaliser…

— Et pourquoi ?

Elle me regarda par-dessous.

— Réaliser son plus cher désir : c'est le perdre !

— Mais… comment ça ?

— Pensez-y…

Sur le rebord de la fenêtre, un vieux pigeon qui avait souffert suivait notre conversation. Il semblait posé là depuis des années ; il disparut soudainement, comme aspiré dans le bruit que firent ses ailes. Pouvait-il voler, déplumé comme il l'était ? J'eus l'irrépressible envie d'aller voir s'il ne s'était pas écrasé dans la cour.

— Un signifié, un signifiant ?

— Le signifiant est l'image sonore d'un mot : si

je joue à imiter la langue arabe alors que je ne la parle pas, je produis des sons, des signifiants et le signifié, en bref, c'est la signification. Chez les psychanalystes lacaniens, c'est plus compliqué ; le signifiant représente le sujet pour un autre signifiant.

— Comme un bureaucrate est un productif pour un autre bureaucrate ?

Elle sourit et minauda :

— Comment écrivez-vous « improductif » ?

— Que pensez-vous de l'énigme ?

— Elle ne m'inspire pas… 2,2,4^{ment} non plus… Vous devriez rencontrer Krems.

— Krems ?

— Une de mes vieilles connaissances. Un logicien d'un genre particulier…

— Qui déteste les criminels ?

— À coup sûr les huissiers !

— Je peux revenir vous voir ?

— Oui… Mais ce sera payant !

Je repartis avec les idées moins claires qu'à mon arrivée et le numéro de téléphone de l'énigmatique Krems en poche.

J'étais impatient d'arriver au rez-de-chaussée, je pensais au vieux pigeon… il aurait peut-être dû attendre encore. Je jetai un œil au sol, il n'y avait que des crottes à la verticale de la fenêtre du cabinet de Rose… Il avait réussi, il volait.

Ma journée était entièrement consacrée au milieu psychanalytique. J'avais rendez-vous chez Psertak, le psy auquel mon journal faisait appel à l'occasion. Il était une relation de mon rédacteur en chef, j'étais curieux de l'entendre et de comparer ses idées concernant Méphisto à celles de Rose Holdem. Et puis, peut-être avait-il une solution à l'énigme.

La salle d'attente de Psertak semblait pleine comme un œuf, mais en fait il n'y avait que deux femmes ; l'une semblait très angoissée, tandis que l'autre, qui lui faisait face, était très angoissante.

Je tuai le temps en essayant de répondre à la question de savoir laquelle des deux était la plus avancée dans son travail analytique. Je finis par trouver l'angoissée diablement angoissante et de peur d'attraper une pensée contagieuse, je décidai d'intercaler entre elles et moi la plus épaisse des revues qui était posée là ; je me plongeai dans l'*Usine New*, comme au plus profond d'un bunker.

Les séances furent très brèves, à peine dix minutes. Je me risquai à laisser dépasser un œil au-dessus de mon magazine lorsque la dernière patiente sortit, étonnamment changée, presque émoustillée ; elle me fixa avec des yeux brillants : j'étais une bête de sexe, je devais cacher sous ma chemise un maillot de corps de routier viril et des biceps tatoués. Je pensai : le journal y est pour quelque chose. Je décidai de m'abonner, je m'assurai machinalement du nom. L'*Usine New* titrait : « Défonceuses et emboutisseuses »… Je renonçai.

Psertak, comme Rose, lut attentivement la lettre.

— Elle est parfaitement rédigée, son auteur pourrait faire partie d'une école de psychanalyse.

— La vôtre, par exemple ?

— Nous sommes des théologiens freudiens et lacaniens et…

— Des théologiens ?

— Vous avez entendu ça ? J'ai dit théoricien et il est impossible que je fasse un lapsus pareil ! Freud et Lacan ne sont pas des dieux…

— J'ai entendu parler de chapelles…

— Bref ! J'ai peu de temps, je dois souper avec le chef de cabinet du…

Il se tut. Il était déjà avec l'autre, dont l'importance valait un « A » majuscule. J'étais amusé à l'idée que cet « Autre » n'était autre que le rendez-vous suivant et jamais celui du moment. Son inévitable et vraie rencontre serait la dernière, avec une absente, une éternelle absente, avec un grand A. J'eus soudain un mot en bouillie à l'esprit, une évidence : « enmajusculé ».

— Nous sommes des théoriciens, mais nous nous appuyons totalement sur la connaissance clinique, et cette expérience ne va pas de pair avec des passages à l'acte d'une pareille violence. Si cette lettre est l'œuvre d'un esprit très imbibé de théorie analytique, il est sans expérience clinique consistante… Son cas est intéressant, mais il ne sert à rien d'en parler.

— Et l'énigme ?

— Pfft… !

— Et 2,2,4^{ment} ?

— Des nombres pareils… On peut en penser tout et n'importe quoi ! Si je vous en dis quelque chose, il s'agira de mes associations, c'est donc de moi que je parlerai et certainement pas de ce fou !

— J'ai lu quelque part que le Sphinx possédait sexuellement les hommes qu'il avait collés avec son énigme avant de les dévorer…

J'avais perdu le fil. Psertak resta muet, puis rosit comme une vieille lope embarrassée par son aveu. Sur le zinc, dépité, je m'interrogeais en vain sur le sens de ma question avortée en engloutissant un rosbif-gruyère.

*

J'avais mal dormi, essayant cent fois de me représenter Lucullus. Juliette, mon intermittente compagne, erratique comme une douleur, craignait pour ma vie.

— Un monstre pareil, et il faut que ça tombe sur toi !

J'avais mille raisons de penser que je ne courais aucun risque.

À neuf heures, j'étais dans le café le plus proche de l'entrée de la PJ, ma convocation en poche. J'attendais avec impatience de rencontrer Borce, cette fameuse « connaissance » de « mon » cuisinier fou.

J'avais difficilement réussi à obtenir le polar qu'il avait écrit, il était épuisé depuis cinq ans : l'éditeur était surpris d'avoir eu deux demandes le même jour. Je pensai : Lepintre est passé par là !

Son bouquin était très bon : l'action se passait

dans le monde psychanalytique parisien. Un bon nombre de praticiens étaient égorgés, une vraie boucherie. Il ne faisait aucun doute que sous des noms imaginaires étaient décrits des personnages réels et je me demandai si l'un d'eux n'était pas l'assassin de maître Lebuc. Je cherchais dans les descriptions des personnages un diabétique : le seul que je trouvai, particulièrement doué, était l'inspecteur qui menait l'enquête. Le livre de Borce donnait une description glauque du milieu, il faisait part des querelles d'écoles et laissait à peine planer le doute d'une guerre de succession.

Les chefs de file de deux chapelles issues d'une scission s'affrontaient pour une place vacante, celle que leur maître à penser avait emportée dans la tombe. L'un revendiquait la place laissée libre par le défunt, tandis que l'autre voulait lui succéder.

C'était l'heure : je tendis ma convocation au gardien, une fouille rapide : un regard scrutateur dont la profondeur ne mettait nullement mal à l'aise et je passai.

L'inspecteur Lepintre était au troisième étage, au calme.

Dans le couloir, un homme, fin de quarantaine, attendait assis sur une chaise en face de la porte du bureau de Lepintre. Grand, mince, frisé, calme mais soucieux, je devinai qu'il cherchait ce qui lui valait d'être convoqué chez les flics. Telle une hémiplégie provoquée, une mimique sporadique illuminait la partie droite de son visage.

Il paraissait étranger à toute méchanceté ; je l'imaginais alignant dans sa tête une longue liste de délits d'intention dont le tout premier, mais certainement le plus grave, avait l'âge de sa mémoire.

Une Antillaise qui éclatait dans sa tenue de flic passa dans le couloir. Il la suivit des yeux sans bouger la tête, jusqu'à l'extrême limite. Je vis son visage se figer dans l'expression qui revenait le plus souvent lorsqu'il suivait ses pensées.

— Êtes-vous le docteur Borce ?

— Oui.

— Ravi, Sandrin, du journal *Le Matin*.

— J'ai lu votre article… Je suis convoqué par l'inspecteur… et vous ? Il s'agit de l'affaire de l'huissier assassiné ?

L'inspecteur avait ouvert la porte de son bureau.

— Docteur Borce ?

— Oui.

— Entrez, je vous prie, et asseyez-vous. Vous aussi, Sandrin. Asseyez-vous.

Lepintre lut un dossier les lèvres pincées, un son modulé sortait de son nez.

— Vous êtes psychiatre…

— Et psychanalyste.

L'inspecteur tendit au toubib l'original de la lettre du « psychanalyste fou ». Borce la lut attentivement et sursauta en prononçant à voix haute son propre nom. Il était sidéré.

— Celui que nous recherchons a écrit : « Une de mes connaissances, le docteur Borce… ». Avez-vous une idée de son identité ?

— Mais alors, pas du tout ! C'est incroyable ça ! Il a dû lire mon livre… Que je sois une de ses connaissances n'implique pas la réciprocité.

— Vous avez passé toute la semaine dernière à un congrès de psychiatrie infantile à Toulouse, nous en avons la confirmation. Tous les soirs, sans jamais manquer à l'appel et jusqu'à une ou deux heures du matin, vous avez joué à l'Échiquier toulousain, et de surcroît avec un de mes collègues qui est un mordu… Il est divisionnaire : Louis Bomberger… On ne peut pas avoir de meilleur alibi !

— Ce déconneur est divisionnaire ?

— Oui.

— Les joueurs ne déclinent jamais plus que leur prénom…

— J'ai lu votre polar, j'ai beaucoup aimé ! Les flics que vous y décrivez sont particulièrement cons !

Je cachai mon sourire dans la paume de ma main.

— Les flics idiots, les psychiatres fous, c'est du classique…

— C'est juste, mais pourquoi faut-il que dans toutes les histoires, le psychiatre soit fou et le flic idiot, et pas le contraire ?

— Un psychiatre qui n'est pas un peu fou est forcément un peu idiot !

— Et les flics, s'ils ne sont pas un peu idiots ?

— Ce n'est pas à ce point binaire, inspecteur… C'est du roman.

— Aucune idée, donc, de la personne que nous recherchons ? À votre avis, est-ce un psychiatre ? Un psychanalyste ? Un psychologue ?

— Il est certainement du métier : son texte est remarquablement écrit et très pertinent ; il s'inscrit dans la plus pure tradition lacanienne.

— Qu'est-ce qui est dans la « plus pure tradition lacanienne », le texte ou notre homme ?

— C'est pareil !

— Ah ! c'est fou… ça.

— Mais ça n'est pas… idiot.

Après quelques secondes de silence Lepintre reprit :

— Lacanienne ?

— Lacan est un psychanalyste qui a fait école en mixant la découverte freudienne à la linguistique.

— Ah, oui… J'ai entendu ce nom ici même, rapporté par les psychologues qui ont lu la lettre du meurtrier et planché sur l'énigme que vous avez sous les yeux.

Borce relut attentivement.

— Elle ne m'inspire pas du tout cette énigme, mais alors pas du tout !

— Elle n'inspire personne, soupira Lepintre, absolument personne !

— Il faudrait la montrer à Krems…

— Krems ?

— Un ami de longue date.

Je sursautai…

— Un psychiatre ?

— Il est docteur en psycho… Un lacanien atypique.

— Où exerce-t-il ?

— Dans une salle de jeu !

— Pardon ?

— Il est joueur de poker professionnel. Il joue dans des clubs privés : la Montgolfière, avenue des Champs-Élysées et le Baron Haussmann, à deux pas du théâtre de la Michodière.

Au moment de sortir, Lepintre me prit à part.

— N'oubliez pas…

— Je sais inspecteur, rien dans mon journal concernant vos interrogatoires.

— Où vous mènent vos réflexions ?

— Tout droit chez Krems.

— Sandrin, téléphonez-moi sans délai si vous recevez un nouveau message !

— La première lettre est arrivée comme un faire-part de décès, après coup.

— Il faut absolument, et très vite, parvenir à décoder l'énigme de ce malade. Des ordinateurs avec des programmes spécifiques tournent non-stop. Les spécialistes du plan, du codage et du décodage des informations y travaillent… Rien pour le moment ! Tous sèchent devant leur copie.

— Inspecteur, j'ai remarqué une camionnette à deux pas de l'entrée du journal. Parfois elle bouge très légèrement. Vous filmez ou photographiez tous ceux qui déposent quelque chose dans notre boîte, qui entrent et qui sortent, n'est-ce pas ?

Lepintre, l'air agacé, ne me répondit pas.

Je sortis de la PJ avec Borce.

— J'ai beaucoup aimé votre polar, je l'ai dévoré en une heure ! Il se passe aussi dans le milieu psychanalytique.

— « Aussi… aussi », c'est un roman…

— Vous avez parlé de Julien Krems quand il a été question de l'énigme dans le bureau de l'inspecteur…

— Je ne crois pas avoir prononcé son prénom !

— Figurez-vous qu'une psychanalyste que j'ai rencontrée m'a parlé de lui… Pouvez-vous me le présenter ? Puis-je vous inviter tous deux ce soir au restaurant ?

— Demain, oui, il sera aux Champs, il y a un très bon restaurant au sein du club.

— Et ailleurs ? Je connais…

— Non ! Krems ne va que très difficilement ailleurs, et il ne mange que deux fois par jour à heures fixes.

— Pourquoi ?

— Il est diabétique.

— Tiens ! Le personnage de votre policier, l'original qui manque de se faire zigouiller par la nana qui le pompe à mort, est aussi diabétique !

— En effet.

— Vous êtes-vous inspiré de Krems, ou est-ce un hasard si les deux ont la même glande bousillée ?

— Les psychanalystes ne croient guère au hasard… S'agissant des productions humaines, de nos actes, de nos paroles, il n'est qu'un mot qui fait écran.

— À quoi donc ?

— À ce qui nous surdétermine. Krems, qui est un spécialiste de la question, a coutume de dire : « Vous n'imaginez pas à quel point le hasard est inimitable ! »

Borce ne parlait plus comme avant, il devenait obscur ; sans doute voulait-il préserver l'anonymat des personnages de son roman, Après tout, je pouvais bien me faire une idée tout seul, puisque je devais rencontrer Krems. Je filai au cimetière du Père Lachaise.

Assistaient aux obsèques de maître Lebuc, plus de journalistes, photographes et cameramen que de proches du défunt. La famille faisait bloc : la mère, la sœur, le beau-frère, oncles et tantes, cousins, tous étaient en noir. On devinait les confrères de l'huissier à leur air naturellement sombre et l'on pouvait aisément imaginer que l'un de ces hommes de loi, distrait, ait pu s'intégrer au groupe des croque-morts, trompé par leurs têtes d'enterrement. La bière ressemblait à une petite armoire de prix dont les porteurs, en route pour la salle des ventes, dignes et précautionneux, ne se disputaient pas le partage.

Maître Lebuc, enfourné précuit, partait en fumée, sa dématérialisation me fit penser à la touche « DEL » de mon traitement de texte, qui aspire les mots lettre à lettre en effaçant jusqu'à la marque de leur disparition. J'étais d'un coup nostalgique de la gomme et du crayon, de l'impossibilité qu'il y avait jadis, même en faisant soigneusement les choses, d'effacer la trace de l'erreur. J'éprouvais le chagrin de la mort de la rature et de la marque de la gomme sur le papier en place de la faute, je pensais à mes cahiers d'école. J'assistais aux funérailles du lapsus calami, j'étais triste. Le clerc de Lebuc me soutint en dévoilant un peu de tartre dans un maigre sourire, tandis que des confrères eurent l'air surpris en me regardant : ils se méprenaient sur l'objet de mon affliction.

Midi trente. Le crématorium du Père-Lachaise était embrumé, le temps n'était ni ensoleillé ni pluvieux ; la température était de saison et la fumée grise qui s'échappait de la cheminée semblait être la source de ce ciel bas. En cette fin de mois, l'équinoxe d'automne avait obtenu une dispense, elle assistait à la cérémonie, on sentait que le jour et la nuit se partageaient le temps à parts égales. Dans l'allée bordée de tombes qui conduisait à la sortie, en inspirant comme on prise un vent de mer, il me vint à l'esprit l'usage exemplaire donné par Apollinaire du mot « foireux » : « Ta mère fit un pet foireux, et tu naquis de sa colique ». Je m'en voulais.

De retour au journal, je ne savais pas quoi écrire et, comme pour matérialiser mes pensées au moment des obsèques, je jouais à faire disparaître dans le trou noir du curseur de mon écran les mots que j'alignais. J'y passai aussi mon nom, pour voir, tandis que je me reconstituais avec un sandwich au thon.

J'avais appris de Lepintre que le Nozépam administré à Lebuc l'avait été *per os*.

Le laboratoire avait déterminé l'absence de l'excipient spécifique à la solution injectable de ce très puissant sédatif. Le corps n'avait pas été transporté dans la voiture de la victime, et les recherches concernant le Minitel et un éventuel rendez-vous mortel n'avaient rien donné. Il y avait trop de serveurs 3615, trop de boîtes aux lettres et de pseudonymes. De plus, on n'imaginait pas découvrir en lisant tout ce que les messageries contiennent — ce qui aurait pris un temps infini — une prose que l'on puisse attribuer à coup sûr à la victime et à son bourreau.

Lepintre était sûr que le Minitel avait sa place dans cette abomination : le criminel avait certainement piégé sa victime en jouant la bourgeoise innocente, la bonne occase à saisir.

Mais cette conviction ne faisait en rien avancer l'enquête. Considérant que le « psy-fou » était bien trop malin pour se faire piéger aussi bêtement, Lepintre jugea inutile de mobiliser des enquêteurs pour explorer cette voie.

Rien dans les calepins de la victime, rien dans ses papiers personnels, aucun des clients de l'étude qui puisse être soupçonné plus qu'un autre. Beaucoup de ceux que maître Lebuc avait pourchassés, sommés et saisis devaient le haïr. Je n'étais pas étranger à ce sentiment, pour avoir eu des expériences avec une dizaine de ses alter ego des plus pugnaces.

La façon dont l'huissier de justice avait constitué son patrimoine immobilier était régulière. De belles affaires, dont un immeuble acheté à bas prix aux enchères. La vente de trois appartements sur les douze acquis avait immédiatement remboursé le prêt-relais ; cinquante pour cent avec la sœur d'un liquidateur dans l'acquisition d'une usine en faillite dont le terrain valait une fortune et un casse-dalle : un viager qui n'avait pas laissé le temps à la rentière de voir son petit bouquet se faner.

Les collègues du journal attendaient mon courrier avec impatience, mais rien ne venait. D'un côté, c'était heureux, mais j'avais un tel désir d'en savoir plus sur l'identité de cet assassin qu'une sorte d'agacement coupable me paralysait. Mes pensées se tournaient vers son énigme qui résistait à tous, j'y étais absolument hermétique. Qu'est-ce que cet « incréé » ? Comment diable pouvait-il avoir une forme ? Comment abolir une distance ? Je pensais aux mots « téléphone », « radio », « télévision », « lumière », mais je ne savais pas quoi en faire. Restait le traitement numérique de cette phrase et de son signataire : *Saint Jullien d'If*.

Mais à la tête de l'inspecteur, à son air inquiet, il était clair que ses ordinateurs pédalaient eux aussi dans le vide.

Je marmonnais : « *concaténation des signifiés...* » c'est plus beau à entendre, ça sonne mieux à l'oreille qu'« *indice* ». Je pensais au vocabulaire des gendarmes : le sieur Sandrin, présentement... Je cherchais obstinément le mot caractéristique de la profession, un mot qui m'horripilait, mais ma mémoire me fit défaut.

Seize heures. Trente minutes pour me rendre à mon rendez-vous à la Montgolfière. Je pouvais prendre le temps de siroter un café. Mon rédacteur en chef pointait son nez toutes les cinq minutes : je m'attendais à ce qu'il me reproche de n'avoir pas reçu un nouveau faire-part de décès, comme si mes articles étaient la cause du ralentissement de la folie meurtrière du cuisinier qui faisait la fortune du journal.

Sur le chemin de la machine à café, il me tomba une fois de plus dessus. Il était très tendu.

— Tu es certain de ne pas perdre ton temps avec ce Krems ? Taire le nom de ce docteur Borce, quel dommage !

Il parlait tout seul.

— Nous devons absolument conserver l'exclusivité, être les premiers, les seuls !

— Notre journal est de gauche…

— Justement, gagner de nouveaux lecteurs est un acte militant et je ne compte pas réaliser cet objectif en publiant les promesses des politiques. Olivier… tu es en train de te faire un nom, tu sais !

— Ouais, c'est le support, ou plutôt, comme disent les experts en image, le « vecteur » qui me pose problème.

— Pourquoi ?

— Relis donc la lettre du psychanalyste, tu sauras pourquoi…

— Tu as oublié de dire « fou » : psychanalyste fou ! Tu vas finir par mal tourner !

*

On n'entrait pas à la Montgolfière comme dans une galerie marchande. Il fallait montrer patte blanche. Un physionomiste avait exigé une pièce d'identité, noté mon nom et mon adresse sur un grand registre, ainsi que l'heure et la minute de mon arrivée. Il avait durant deux petites secondes comparé la photo de mon passeport avec mon visage. Je sentais que cet homme-là m'avait photographié aussi bien que le plus sophistiqué des appareils, en même temps qu'il avait associé à jamais le son de ma voix et mes intonations à mon portrait. Il savait d'un coup d'œil évaluer la fortune des nouveaux venus aussi sûrement que l'infortune des sortants.

Le club était superbe, immense. J'y déambulais. D'un côté se trouvaient les salles de baccara et de chemin de fer, de l'autre les salles de poker. Ces deux mondes existaient côte à côte, mais on devinait qu'ils ne se mélangeaient pas plus que les consommateurs de petit blanc et de whisky pur malt. Le personnel d'encadrement de l'établissement portait chemise et cravate. La rayure sur le gris du costume semblait être la seule fantaisie admise, la couleur n'était pas de mise. Ils semblaient tous appartenir à une impénétrable famille, et le plus avenant d'entre eux avait une tête à calmer illico le pire des malfrats.

La salle de poker faisait bien cent cinquante mètres carrés : six tables de huit joueurs avec des croupiers assurant l'office. Des joueurs en liste d'attente poireautaient devant des tables complètes.

Un croupier couleur flageolet, tels le germe et le

radicule de sa table en forme de haricot, interpella un gnome : « Partie à 2500, dealer choice, pot limit… Omaha, Courchevel, Seven stud nullo et poker… Pas de table de Vegas no limit 2500 et 5000 pour le moment. » Je ne comprenais rien.

Un garçon en uniforme d'amiral prenait les commandes aux tables, tandis qu'un jeune caissier échangeait consciencieusement coupures et chèques contre des jetons.

Les parties avaient commencé depuis peu, c'était l'heure où la caisse ne marchait que dans un seul sens. Je n'imaginais pas qu'un lieu pareil puisse exister en plein Paris. Borce était sur un coup. Il fit basculer dangereusement son fauteuil vers l'arrière en me voyant et articula, à peine audible :

— Krems joue au backgammon, dans le petit salon à gauche dans le couloir, je vous rejoins au moment de passer à table. Lunettes rondes, gilet et sourd de l'oreille gauche… Vous ne pouvez pas le louper.

Borce se figea.

Le croupier déclama « couleur max chez Monsieur ! » et indiqua négligemment de la main le jeu gagnant étalé sur la table en regardant ailleurs, un peu à la manière d'un agent orchestrant la circulation. Il poussa une grosse masse vers un joueur dont les jetons, soigneusement empilés, évoquaient une formidable érection. Face au Titan, Borce, dépité, exhibait un sexe d'ange.

Krems jouait au backgammon. Son adversaire, qui ressemblait à un vieux garnement, tenait goulûment serré entre ses dents un énorme cigare. Il avait l'air satisfait et buté d'un enfant dont la bouche est comblée par une grosse tétine. Il ne pouvait respirer que par le nez. Krems me regarda attentivement et à voix haute, comme s'il s'adressait à un sourd, il claironna :

— Robert me fait le même effet qu'à vous ! La plénitude de ce vieux moutard a quelque chose d'agressif, elle est à la limite du casus belli, il semble avoir échappé au sevrage. J'ai parfois l'envie de lui sortir de la bouche ce substitut du téton maternel pour l'entendre hurler son manque comme il y a soixante ans, quand il avait quelques mois.

J'étais confondu. Il avait deviné ma pensée, pire, il l'exprimait comme j'aurais aimé le faire.

Il détourna son regard du mien, ses yeux fixaient le plafond, comme si d'un coup il préférait tuer le temps plutôt que de s'intéresser à moi.

Un mètre soixante-quinze, mince, brun, frisé, un gilet en soie, une montre à gousset, la cinquantaine. C'était le Penseur de Rodin, mais dans le genre relâché ; ce Krems était si atonique, qu'il semblait devoir à l'astuce d'un prestidigitateur de ne pas tomber de sa chaise. Il avait le geste lent du paresseux et un débit de paroles affecté par les temps morts qu'il plaçait entre les mots.

Son adversaire pesta :

— Deux fois de suite cinq et deux, les pires des dés dans la position… Je suis maudit !

Krems avait un air navré de circonstance, il ajouta :

— Mais si c'est possible Robert, la preuve ! deux fois de suite un dix-huitième de malchance qui vont te coûter la peau des fesses !

La réponse fut noyée dans le jus du cigare que le vieux cabotin avait écrasé entre ses dents.

Krems me fixa à nouveau :

— Oui ! Cet être est proche de la complétude, il parvient même à fabriquer le lait qu'il consomme.

— Mais comment peux-tu prendre un videau pareil… à quatre ?

— J'avais légèrement plus de vingt-cinq pour cent de chances !

— C'est loin d'une chance sur deux…

— Perdre un en droppant ou risquer deux avec une chance sur quatre de gagner, dans la répétition, c'est statistiquement égal. Tu le sais, hein, vieille poule !

Krems empocha deux plaques jaunes. Il me regarda des pieds à la tête.

— Je suis Sandrin, du journal *Le Matin*.

— Enchanté, Borce m'a parlé de vous. Que puis-je ?

— Vous avez suivi cette abomination, ce meurtre d'un huissier, maître Lebuc ?

— Comme ça… Je n'ai pas lu un journal depuis une semaine, pas plus que je n'ai écouté la radio ou regardé la télé. J'ai beaucoup joué ces temps-ci, beaucoup trop… J'ai juste entendu parler de cette histoire ici : elle est coquette !

— Le criminel m'a envoyé un étrange courrier, voulez-vous le lire ? Il y parle de miroir, de signifiants, de signifiés, et il plante à la fin de sa lettre une énigme censée contenir le nom et l'adresse de sa prochaine victime et même la date de son crime… Il ne manque que l'heure ! La police et les services spécialisés dans le décodage planchent dessus sans parvenir à la déchiffrer.

— Asseyez-vous… Vous prenez quelque chose ?

— Un café, à l'italienne.

— Alors deux ! Passez-moi cette bafouille.

Krems lut avec attention, l'air grave. Il commenta : pas mal ! belle écriture. Je parierais que ce n'est pas celui qui écrit qui tue…

— Pourquoi ?

Krems ne m'entendait pas. Le front plissé, il lisait et relisait l'énigme. Son visage s'illumina et il murmura :

— Incréé, incrée, attention : ce n'est pas ce qui n'existe pas ! Saint-Jullien d'If… Saint…

Son visage se figea soudainement.

Il hurla :

— Didier, Didier, l'annuaire de Paris par rues ! Les lettres C et R, les deux volumes, grouille ! C'est une question de vie ou de mort…

J'étais tétanisé. Krems feuilletait les pages compulsivement :

— Sandrin, téléphonez immédiatement à la police, vite ! Cinq heures moins le quart… Il est sans doute déjà trop tard. Dablaisse, huissier, 34, Rond-Point des Champs-Élysées, le meurtre est programmé aujourd'hui !

Je composai le numéro de Lepintre depuis mon

portable. Le flic décrocha à la première sonnerie : la sirène, le bruit, indiquaient qu'il était dans une voiture qui filait à toute vitesse.

— Sandrin au téléphone, vite ! L'énigme… Le meurtre c'est pour aujourd'hui ! Maître Dablaisse, huissier de justice, 34, Rond-Point des Champs-Élysées.

— Comment savez-vous ? C'est impossible ! Ça vient d'arriver… Où êtes-vous ?

— À la Montgolfière, avec Borce et Krems…

Lepintre hurlait pour se faire entendre :

— Personne ne sait, sauf nous, le criminel, le personnel de l'étude et la victime…

— La victime sait… L'huissier n'est pas mort alors ?

L'inspecteur marqua une pause embarrassée.

— Comment savez-vous ce qui vient de se passer chez maître Dablaisse ?

— L'ami de Borce a trouvé la solution de l'énigme. Répondez à ma question, l'huissier n'est pas mort ?

— Non. Il ne s'agit pas d'un meurtre cette fois.

— Et de quoi alors ?

— D'une abomination. Venez ! Avec ce Krems… qui sait décoder sait coder… Je vous attends chez Dablaisse immédiatement, et tous les deux !

Krems avait compris qu'il était trop tard pour Dablaisse. Nous nous regardâmes un temps en chiens de faïence, les lèvres pincées, dépités.

— L'inspecteur Lepintre, celui qui suit l'affaire,

demande que nous le rejoignions à l'étude de Dablaisse.

— Nous ? Moi aussi ?

— Oui.

Krems était rêveur, il relisait la lettre. Sa lèvre du dessous recouvrait celle du dessus tandis que sa tête n'en finissait plus d'acquiescer.

— Remarquable, absolument remarquable. Il lit les bons livres, le petit monstre, et il raisonne à la perfection. Quel analyste, quel joueur !

— S'il vous plaît, l'énigme…

— Quoi, l'énigme ?

— Vous n'allez pas me dire : « Élémentaire, mon cher Sandrin ! »

— Non, ce n'est pas une énigme pour enfant, elle implique des connaissances mathématiques simples qui touchent aux paradoxes liés à une particularité des ensembles infinis, et à une chaîne signifiante singulière, propre à son auteur. Il ne pensait pas si bien dire en parlant des « indices de sa perdition ». Il est passé près de la correctionnelle, des Assises plutôt ! Quel joueur !

— Vous avez dit « quel joueur » deux fois de suite. C'est un joueur ? D'abord l'énigme, s'il vous plaît, j'ai la tête bouffée depuis des jours… Personne n'a trouvé ! Et vous, en dix secondes ou… vingt. C'est pas croyable !

— Une énigme pareille, ou vous la solutionnez quasi immédiatement ou vous y passez vingt ans.

— Comment ça ?

— Je vous en expliquerai la raison plus tard, elle

tient plus à des dispositions personnelles qu'à des connaissances. Un môme de troisième ou de seconde peut la résoudre. Vous aimez le violoncelle ?

Je me dis que ce type était fou. Cette question dans un moment pareil.

— Pas plus que ça…

— Moi si…

— Et vous savez pourquoi vous n'aimez pas le violoncelle ?

La pensée que ce type était complètement siphonné s'imposait à moi. Je lui répondis sèchement.

— Non ! Je ne sais pas pourquoi je n'aime pas beaucoup le violoncelle.

— Je suis comme vous ! Je ne sais pas pourquoi j'aime le violoncelle, ni pourquoi cet instrument m'émeut et m'inspire des pensées tristes… Eh bien mon rapport à cette lettre, c'est la même histoire, elle m'inspire quasi musicalement : elle m'inspire des pensées qui collent avec ce qui s'avère être une solution, comme par hasard. Mais il faudrait parler de ce hasard !

Nous étions en route, le Rond-Point des Champs-Élysées était à dix minutes à pied. Krems s'arrêta net :

— *Forme d'un incréé dont le comptage abolit les distances !* Vous connaissez les paradoxes de Zénon ? La démonstration de la flèche qui n'atteint jamais son but, et tout particulièrement l'histoire du triangle ?

— Ce philosophe grec… « Achille et la tortue », c'est lui ?

— Nous parlons bien du même. Imaginez un triangle…

— L'énigme s'il vous plaît !

— Je suis en train… Imaginez un triangle quelconque, avec ses côtés et sa base. Tracez dans votre esprit une droite parallèle à la base où vous voulez à l'intérieur de ce triangle : cette droite est, comme la base, contenue par les deux côtés. Cette droite est nécessairement plus petite que la base ; imaginez maintenant qu'elle se rapproche presque à l'infini du sommet, tandis que la base s'allonge à l'infini du fait que vous allongez également à l'infini les côtés de ce triangle… Vous me suivez ? Supposez maintenant une droite partant du sommet et oscillant tel un fil de pendule en parcourant toute la longueur de la base de ce triangle, et bien, à chaque point de la base, donc à chaque fois que cette droite coupe la base à un endroit, elle coupe en même temps et toujours un point de la petite droite, celle qui est toute proche du sommet.

— Bien sûr.

— Zénon a affirmé : puisque à chaque point d'une droite d'une longueur immense correspond un point d'une droite minuscule, c'est qu'il n'y a pas plus de points sur la première que sur la seconde.

— O.K. ! Et alors ?

— La conséquence est de taille : si la droite, disons la ligne d'une longueur immense, ne contient pas plus de points que la toute petite, il en résulte, en toute logique, que la grande n'est pas plus grande que la petite !

— Troublant…

— C'est vrai de toute ligne, droite, courbe, ou fantaisiste… Achille et la tortue, la flèche, les points sur la droite, sont en fait autant de formulations différentes d'un même problème qui aura résisté aux mathématiciens et philosophes environ vingt-quatre siècles. Il s'agit d'une particularité des entiers naturels. À l'époque de Zénon, on ne connaissait pas les nombres réels, et personne aussi bien que ce philosophe n'a su démontrer à quel point ils manquaient. Bref, si la question vous intéresse, sachez que la cardinalité des entiers naturels n'est pas suffisante pour compter les points d'une droite qui ressortent des nombres réels. Le mathématicien Cantor a eu définitivement raison de ces paradoxes. Il a démontré qu'il y avait des classes d'infinis, des infinis infiniment plus grands que d'autres. Avec un petit infini on ne peut pas compter les éléments d'un gros ! La cardinalité, la puissance de l'ensemble des entiers naturels « 1,2,3… » à l'infini, n'est pas suffisante pour compter les points d'une droite, même minuscule.

— Un infini trop petit pour compter un autre infini… Et vous sortez de là le nom et l'adresse de Dablaisse ?

— On y est presque.

Krems, l'air soucieux, ajouta :

— Je ne suis pas mathématicien… Je me demande si les entiers naturels ne permettent pas de compter les points d'une droite infiniment petite ! Cette encyclopédie vivante de Benji devrait savoir ça…

Un pro du poker, un ami. Possible que cette question soit con !

Nous nous rendions à pied sur le lieu d'une abomination et, dans la plus pure tradition péripatéticienne, je prenais un cours de mathématiques. Cette situation quelque peu surréelle ne m'était pas désagréable.

— Krems, quel rapport entre les infinis, le 34 du Rond-Point des Champs-Élysées et maître Dablaisse huissier de justice ?

Il me regarda l'air surpris, comme s'il en avait assez dit pour que tout s'éclaire dans mon esprit. Il me prit le bras comme on aide un aveugle à traverser :

— *« Image d'un incréé dont le comptage abolit les distances »*… Comme je viens de vous l'expliquer, compter les points d'une longue ligne droite, d'une petite courbe, ou d'un immense gribouillis avec « 1,2,3… » à l'infini revient à égaliser toutes les longueurs, qui sont des distances si l'on doit les parcourir. Le cœur de cette énigme est le point géométrique. Et « image d'un incréé », « l'incréé » est le point. Et comment nous représentons-nous un point ? Comme un petit rond ! *Dont le comptage abolit les distances*, c'est encore le point ! Ce qui donne : « rond-point » et des ronds-points de renom à Paris, il n'y en a pas 36 : le Rond-Point des Champs-Élysées ! La suite coule de source : y a-t-il un huissier de justice qui officie Rond-Point des Champs-Élysées ? Il n'y a qu'à regarder l'annuaire pour le savoir.

J'étais admiratif.

— Et la date ?

— Là, il a fait fort, l'oiseau. *Saint-Jullien d'If.* Jullien avec deux *l*, ce n'est pas ordinaire. Un *l* vient en plus, inutilement. En fait il fait lien, j'ai envie de dire « s'aile » ou « scelle », les deux phonèmes de ce prénom, le dernier « lien » au premier « ju »… Il sort de notre chapeau une question : quel « lien » s'aile à « ju » tout en s'articulant à « If » ? Eh bien, ce qui s'aile à « ju » c'est « If » ! Ce qui nous donne le mot « juif ». La « Saint-Juif » n'est pas une fête chrétienne comme la Saint-Barthélemy ! Il s'agit dès lors d'un clin d'œil pour le jour « saint » des Juifs : Kippour, et c'est justement aujourd'hui.

— Mais… c'est une histoire de fou !

— Oui.

— D'où sortent des pensées pareilles ? Il n'y a aucune logique là-dedans… Rien de formel, c'est… invraisemblable !

— Est-ce plus fou que d'imaginer un mot, dont deux anagrammes utilisés seuls comme définition de mots croisés ont comme solution le mot d'origine ?

— Ce mot existe ?

— J'en ai un de huit lettres… merveilleux.

— Quel est-il ?

— C'est trop personnel, désolé.

— Et ces nombres, 2,2,4 qui sont l'estampille garantissant l'authenticité des lettres ? Ce *224^{ment} vôtre* !

— Aucune idée pour le moment. C'est comme si vous me demandiez ce que je pense d'une position d'échecs en ne me montrant qu'une ou deux des 64 cases !

Nous étions presque arrivés, Krems était très lent.

— Vous disiez tout à l'heure que ce n'était pas l'auteur des lettres qui tuait…

— J'ai ça en tête, en effet.

— Vous m'expliquez ?

— Il pense juste et il écrit bien. Comme tout le monde, quelques vieux démons le travaillent : des désirs innommables et des fantasmes qui les représentent, entendez qui sont bien les siens, et il sait tout ça ! La folie est son rayon, pour ne pas dire son quotidien. Cet homme-là, car c'est un homme, vous le sentez bien, tient avant tout à soutenir son désir d'écrire et il sait qu'en passant personnellement à l'acte, il va tuer sa production littéraire, et très sincèrement, ce serait dommage ! Ma conviction est qu'il mène le bal : il calcule, il organise, et il jubile dans la théorisation et l'écriture. Il s'agit d'un homme intelligent, joueur, cultivé. Un certain nombre d'éléments me donnent à penser qu'il est psychiatre…

— Lesquels ?

— Je vous ai tout dit !

Nous étions arrivés. Un cordon de police bloquait l'entrée d'un magnifique immeuble bourgeois.

Demander l'inspecteur Lepintre et dire qu'il nous attendait avait suffi à nous ouvrir le passage. L'ascenseur était bloqué, l'étude était au troisième étage.

L'appartement était somptueux, les plafonds très hauts étaient agrémentés de moulures faisant d'interminables volutes. Dans le couloir de l'entrée, trois chaises rustiques et indestructibles étaient tout ce qui avait été sacrifié aux visiteurs. On ne devait venir ici que pour payer ou négocier des délais, et le propriétaire des lieux avait clairement exprimé qu'au prix du mètre carré dans le quartier, s'acquitter de quelque créance ne méritait que l'inconfort.

Il semblait même que maître Dablaisse avait saisi, confisqué à cet endroit de son étude tout ce qui pouvait l'être, jusqu'à la lumière qui n'y était que résiduelle, écho des lampes des deux bureaux proches. Le mur vide face aux chaises avait la tristesse d'une lune rousse. Il était jauni, comme usé par les regards qui s'y étaient perdus.

Passé l'entrée, le luxe allait grandissant. J'imaginais cette étude organisée comme un toboggan en spirale, tout devenait plus riche à mesure de la glissade, avec, comme point d'aboutissement, tel un trou noir, le beau milieu du fauteuil tout cuir de l'huissier.

Dans le bureau cossu de maître Dablaisse, les chaises destinées aux visiteurs étaient tout juste belles ; on devinait que le propriétaire des lieux avait fait un effort, non pour leur procurer un peu de confort, mais pour préserver l'unité de son petit palais.

Krems marmonna quelques mots qui tombèrent comme un couperet :

— Il est meublé Louis XVI…

Lepintre occupait le fauteuil de l'huissier, l'air pincé, songeur, navré.

Une toile de plastique recouvrait le tapis et la moquette derrière la porte d'entrée du bureau. Le personnel de l'étude, quatre ou cinq personnes, répondait nerveusement aux inspecteurs ; leurs yeux étaient exorbités. Le téléphone sonna dans le vide. En nous voyant, le flic s'exclama : « Quelle folie ! mais quelle folie ! »

— Inspecteur… Maître Dablaisse n'a pas été assassiné m'avez-vous dit ? Qu'est-il arrivé ?

— La plus grosse partie de l'huissier est à l'hôpital.

— Pardon ?

— L'autre partie est trimbalée quelque part dans un panier de ménagère.

— Quoi ?

— Il a été anesthésié, ici même, puis amputé dans les règles de l'art du bras droit et de la jambe droite, vingt centimètres au-dessus du coude et trente au-dessus du genou ! Et tenez-vous bien : garrot à chacun des deux membres, ligature des artères humérale et fémorale : du grand art ! Et la diablesse est repartie avec les… objets après avoir mis sa victime sous perfusion ; le bocal était accroché à la poignée de la porte avec une grande amplitude de conduit pour qu'on ne risque pas de le débrancher en ouvrant la porte en grand ! Le trocart, dans le bras gauche — il ne lui reste que celui-là ! — était consolidé par un sparadrap parfaitement adapté.

Je restai saisi.

Lepintre fixa Krems.

— Dommage que vous ayez décodé cette énigme trop tard… vous m'expliquerez… même en ayant la solution, je ne trouve aucun lien logique… « rond » je crois avoir deviné, mais « point » ? Maître Dablaisse, Rond-Point des Champs-Élysées ? Et la date, d'où sort-elle ?

Krems hocha la tête et resta muet.

— Sandrin, vous ne devriez pas tarder à recevoir une nouvelle lettre. Il me la faudra immédiatement.

— Ce coup-ci, vous avez une description du criminel ?

— Une femme de trente-cinq ans environ, brune aux cheveux courts et d'allure sportive, plutôt jolie. Elle avait rendez-vous avec maître Dablaisse, sous un faux nom, très vraisemblablement. Elle avait donné, comme objet de cette rencontre, le recouvrement d'une dette attestée d'une reconnaissance. Le plus fort est que cette jeune femme s'était arrangée pour aborder sa victime au café du coin. À la suite de cette rencontre où Dablaisse lui révéla son activité, elle manifesta son désir de le consulter pour cette histoire de recouvrement de créance. Inutile de vous dire qu'elle n'avait en tête que d'émoustiller notre huissier pour lui mettre la main dessus, et qu'elle y parvint au-delà de toute espérance.

Je pris des notes à la hâte. Le journal allait encore faire un malheur. Je demandai à Lepintre de me parler de la victime. Pendant ce temps, Krems jouait à faire habilement basculer une pièce de cinq francs de son index à son auriculaire, puis dans le sens contraire, avec une halte entre le majeur et l'annulaire.

— Quarante-huit ans, taille moyenne, très bon vivant, gros, gras… marié, sa femme est taxidermiste. Ils ont une fille de vingt-trois ans, assistante marketing d'une société de pompes funèbres. Les Dablaisse sont huissiers depuis quatre générations, de père en fils.

— Plutôt de fils en fils reprit Krems, toujours à jouer avec sa pièce.

Lepintre le regarda sidéré

— Comment ça ?

— À chaque succession, un fils a pris la suite d'un fils au nom d'un père qu'aucun de cette lignée, à l'instar de toute autre, n'a jamais eu… On ne peut mieux faire référence à la place de la loi en formulant les choses ainsi. Pardonnez-moi inspecteur, ma remarque n'est pas de circonstance.

— Monsieur Lebihon !

— Oui, monsieur l'inspecteur.

— Monsieur Lebihon est le bras droit de maître Dablaisse.

Lepintre s'était entendu et ajouta : si je puis dire !

— Monsieur Lebihon, reprenez-moi si je ne rapporte pas les faits et leurs déroulements tels que vous me les avez racontés !

— Oui, inspecteur.

Lepintre avait les yeux rivés sur Krems, toujours aussi absent. En état de choc, Lebihon comptait un à un les doigts de sa main droite. Sur son bureau,

Dablaisse exhibait sa photo de mariage. Sa femme et lui, serrés l'un contre l'autre, semblaient figés dans une apparence de vie. Dans la posture étudiée de la jeune mariée et tout particulièrement dans l'expression de sa petite bouche en fion de volaille, on sentait poindre ce don pour le naturalisme et l'empaillage dont elle devait plus tard devenir une experte.

— Maître Dablaisse est un bon vivant, il aime manger, boire, il aime aussi le sexe faible…

— C'est quoi, ça ? ronchonna Krems, il est pédé, il aime les mecs qui débandent ? Lepintre devint instantanément cramoisi et le clerc exophtalmique. Le flic dut hésiter à le virer avec perte et fracas, mais il ne sortit de sa bouche qu'un bruit de gorge. Lepintre reprit :

— Il a rencontré il y a quinze jours une belle fille au café du coin. Il est remonté à l'étude en vous disant qu'il avait croisé une petite nana très émoustillante. C'est le mot qu'il a employé ?

— Heu… ça voulait dire ça, monsieur l'inspecteur.

Lepintre poursuivit :

— Avant-hier, vous avez eu cette femme « bandante » au téléphone et vous lui avez passé votre patron. Elle a obtenu un rendez-vous aujourd'hui à quinze heures. Selon vos dires, ce rencard occupait beaucoup l'esprit de maître Dablaisse pour des raisons qui n'ont rien de professionnelles. Votre bureau est un passage obligé pour pénétrer dans celui du maître des lieux : la jeune femme est entrée, elle était très bien mise, une jupe courte, parfaitement maquillée, féminine, un pas décidé, elle portait un grand sac. Après cinq minutes, vous avez entendu glousser de plus en plus fort : c'est bien ce que vous avez entendu ?

Lepintre mit en route un petit magnétophone sur lequel étaient enregistrés des soupirs, des petits cris très féminins dont le crescendo était très sensible ; parfois des cris rauques surgissaient, ridicules.

— Et pendant que ces gloussements vous faisaient rêver, monsieur Lebihon, votre patron se faisait mettre en pièces !

Lebihon, mal à l'aise, fixait le plancher en se tordant les mains, comme si elles étaient coupables.

— Après dix ou quinze minutes, la fille est sortie du bureau le maquillage répandu, décoiffée, la jupe mal rajustée, et elle vous a tranquillement fait part, ses yeux droits dans les vôtres, du souhait de maître Dablaisse de n'être dérangé sous aucun prétexte avant seize heures. Vous étiez très gêné, et elle est partie comme elle était venue, mais avec deux des quatre membres de votre patron dans son sac ! C'est bien ça ?

— Oui monsieur l'inspecteur.

— Trois quarts d'heure se sont écoulés après son départ, et alors qu'il n'y a ni radio ni télévision dans le bureau de Dablaisse, trois coups sourds retentirent, comme au théâtre, suivis d'un air d'accordéon, de bal musette. Vous avez été surpris, et il y a de quoi ! Vous avez frappé de plus en plus fort à la porte, pas de réponse, bien sûr ! Vous êtes entré et… cette abomination ! Vous avez d'abord téléphoné à la police puis au SAMU. Vous êtes un drôle de zigue, Lebihon…

L'inspecteur fit avancer la bande : un accordéon déchaîné souffla un air qui exhala des effluves de guinguette et de bords de Marne.

L'appareil était toujours au maximum, nous dit Lepintre. Tout a été enregistré sur un premier magnétophone, dont l'intensité sonore en lecture fut diminuée ou augmentée en même temps qu'on enregistrait sur celui-ci. Les trois coups et la musique ont eux été captés à la source, d'où l'explosion du son, sans qu'il soit nécessaire de jouer par quelque mécanisme minuté avec le volume. Entre le dernier gloussement et le premier coup, trente minutes de silence ; la bande dure une heure.

— Avez-vous écouté cette cassette jusqu'au bout ? demanda Krems.

— Après le son de l'accordéon, plus rien ! Voyons… tout de même.

Lepintre la déroula en vitesse rapide, remit en lecture et après quelques tâtonnements jaillit soudain :

— 224^{ment} vôtre, inspecteur… Arriverez-vous à temps à notre prochain rendez-vous ? Sandrin, dont j'apprécie beaucoup la prose, va recevoir prochainement toutes les informations nécessaires à mon arrestation. Et bravo pour avoir eu l'idée d'écouter cet enregistrement jusqu'au bout !

Il s'agissait de la voix de la jeune démone. Le clerc était formel.

— Lebihon, parlez-moi de cette femme. Laissez-vous aller à en dire tout ce qui vous vient à l'esprit, je veux toutes vos impressions.

— Un mètre soixante-cinq, soixante-huit, mince, musclée sans trop, brune, les cheveux courts, souriante, mais un sourire particulier… Comment vous dire…

— Trouvez les mots, Lebihon !

— Un sourire glacé… figé ! Oui, figé ! Ses lèvres sourient, mais ses dents restent serrées, très serrées, vous voyez, cela donne un air particulier. Ses dents sont magnifiques, très blanches. Elle portait une jupe courte moulante. Elle a de très jolies jambes avec le mollet musculeux d'une sportive, non, d'une danseuse ! Pourtant son pas n'est pas très féminin, le balancement de ses hanches… Elle n'a pas ce mouvement latéral du fessier, comme les mannequins. Elle lance la hanche vers l'avant, ce qui lui donne un pas décidé, presque militaire. Quoique jolie, elle me fait penser à une cheftaine scout… Je veux dire Jeannette, elle a quelque chose de martial, tout en étant très féminine. Une voix ferme, on… je ne la sens pas très sensible… Ce n'est pas le genre mère au foyer… Je ne sais pas pourquoi je dis ça…

— Continuez Lebihon ! Continuez.

Le clerc était sombre et très concentré :

— Une chose m'a terriblement marqué : lorsqu'elle est ressortie du bureau de monsieur, après avoir commis cette atrocité, alors qu'elle avait dans son sac une jambe et un bras, son regard et son sourire étaient inchangés, j'étais gêné, je ne savais plus où regarder, je pensais à ses orgasmes tonitruants, à ses cris de bête. Elle m'a tranquillement dit en rajustant sa jupe :

« Maître Dablaisse vous... » et mon téléphone sonna. Elle m'a autoritairement fait signe de répondre... Je l'ai fait. Je suis bien resté une minute ou deux à parler ; et pendant tout ce temps, elle était plantée là, à me fixer de son regard d'acier. Je suis sûr qu'elle n'a pas cligné les yeux une seule fois ! Avec ce sourire aux lèvres... il me fait froid dans le dos... Lorsque j'ai raccroché, elle a fini sa phrase sans se donner la peine de la reprendre au début. Elle a ajouté : « ... demande qu'on ne le dérange pas avant seize heures ». Son sang-froid est impressionnant ! Et puis, sa jupe noire moulante, je suis persuadé qu'elle l'avait bel et bien enlevée puis remise dans le bureau, et son chemisier blanc aussi... Pour ne pas les tacher de sang ! Un sentiment, je ne suis pas certain de ce que j'avance... Je suis sûr qu'il ne s'est rien passé entre maître Dablaisse et elle !

— Ah ! Vous trouvez qu'il ne s'est rien passé ?

— Pardon inspecteur... rien de...

— Quoi d'autre ?

— Elle est sortie de son pas décidé, et...

— Et quoi ? Parlez Lebihon, décoincez-vous, nom de Dieu !

— Le sac... ne pesait pas dans sa main !

— Mais encore ?

— ... Maître Dablaisse est de bonne constitution !

Elle est forte cette femme, sacrément costaude ! Son regard est franc, dur, ses yeux sont marron clair. Vous voyez, elle est très féminine, mais pas coquette… voilà !

Lepintre était de marbre. Krems alluma une cigarette.

— Il est interdit de fumer ici, monsieur, s'écria Lebihon.

— Portez-moi un cendrier !

— Nous n'en avons pas, puisqu'il est interdit de fumer !

— Et vous trouvez logique qu'il n'y ait pas de cendrier là où il est interdit de fumer ?

— Oui monsieur !

Krems mit brutalement sa cigarette entre l'index et le majeur de Lebihon qui chercha pendant une bonne minute de quelle façon il pouvait bien s'en débarrasser.

La clope à la main, les yeux rivés à la cendre menaçante, il attendit que les chiottes se libèrent, et s'y engouffra, indifférent à deux terribles indices : le teint violacé et les yeux larmoyants du gros flic qui en sortait. Lepintre, Krems et moi ne pipâmes mot, fascinés par l'acte héroïque du clerc.

Les interrogatoires du reste du personnel de l'étude ne firent en gros que confirmer ce que Lebihon avait rapporté dans le détail. Cette femme terrifiante avait pris rendez-vous sous le nom de Louise Simial.

Nous sortîmes tous les trois de l'étude et cherchâmes des yeux la brasserie la plus proche. Renseignements pris, nous nous étions assis à la table où Dablaisse avait rencontré son bourreau. L'air dubitatif, l'inspecteur écouta attentivement la solution de l'énigme.

— De toute façon, maintenant, ça nous fait une belle jambe… Décidément, je choisis mal mes expressions ! Nous établissons un portrait-robot de cette femme. Dablaisse sera bientôt sur pied… encore, bordel ! Il sera en mesure d'affiner la description de l'ogresse. Vous auriez mis votre tête à couper que le criminel était un homme, n'est-ce pas Sandrin ?

Krems intervint :

— Pour mettre le grappin sur cette femme, monsieur l'inspecteur, vous devrez piéger l'autre, et ce ne sera pas de la tarte ! Le constat de M. Lebihon est d'une précision diabolique, quelle description ! Il a un grand sens de la saisie des choses immatérielles ce clerc, c'est très inattendu !

Lepintre avait l'air grave.

— Quel autre ?

— Celui qui écrit.

— Et qu'est-ce qui vous fait dire qu'il y a un autre ?

— C'est totalement subjectif, inspecteur, mes divagations vous intéressent ?

— Allez-y !

— Rien n'est plus asexué que les mots que nous employons, mais cela dit, nous habitons le langage, homme ou femme, nous nous y représentons, nous nous y aliénons. Tout ce qu'on peut raconter est travaillé par des désirs dont on n'imagine même pas qu'ils puissent être les nôtres. Ce que nous taisons est en filigrane dans ce que nous articulons. La lettre de celui qui a été baptisé le « psychanalyste fou » laisse nécessairement filtrer plus que son contenu manifeste. Il le dit lui-même très joliment : « Les signifiants de ma perdition sont à découvrir ici, dans mon texte. » Son désir inconscient prend corps dans l'immatérialité de quelques signifiants... Et « prend corps » est une locution qui, en l'occurrence, est à prendre au pied de la bête... pardon, je voulais dire de la lettre. Ce lapsus anticipe ma conclusion. Cette conceptualisation est non seulement incompatible avec le passage à l'acte, mais elle témoigne, à mon avis, d'une trame, d'une structure inconsciente masculine.

— Quelle est cette trame ?

— Huissier n'est pas un métier ordinaire : on saisit, on confisque au nom de la loi, autrement dit à la suite d'un jugement de fait exécutoire. La confiscation, la saisie, sont des images à peine métaphorisées de la castration. Un huissier tué et un autre estropié : doutez-vous que l'émotion de nos concitoyens serait bien plus grande si les victimes étaient des pauvres, des clochards ou des gens comme vous et moi ?

Lepintre, songeur, avait l'air dérangé :

— Je ne suis pas du tout convaincu, pas du tout !

— Mais vous y pensez à cet homme qui écrit, vous ne pensez même qu'à lui depuis votre arrivée ici !

Je levai les yeux pour regarder les deux zigotos, je vivais un crescendo inattendu dans un moment déjà très fort.

— Qu'est-ce qui vous autorise à dire une chose pareille, monsieur Krems ?

— Si cette pensée n'était pas la vôtre, inspecteur, aurai-je participé à l'audition du principal témoin de cette sombre affaire en qualité de possible suspect ?

— Vous êtes docteur en psychologie, monsieur ?

— Oui.

— La castration est une problématique plus féminine que masculine… si je puis me permettre ! Mes références, mes connaissances, sont anatomiques.

— Elles sont excellentes ! Reste que l'angoisse de castration est une problématique essentiellement masculine.

— Et pourquoi ?

— L'objet de référence, c'est le phallus, dont le pénis, ce petit machin qui brinquebale entre nos jambes, est l'ombre. Les femmes, et avant qu'elles ne le deviennent, les fillettes qu'elles furent, savent très tôt que justement, « castrées », elles le sont dans la réalité, comme leur maman. La bistouquette, elles ne l'ont pas ! Mais elles ne sont pas tenues d'y renoncer pour autant : là où pour les jules il y a l'angoisse de castration, on trouve chez les femmes de la nostalgie, elles peuvent aussi rêver d'avoir un jour cette chose, de la voir pousser, ou pire de l'être. La représentation du « de l'être » est plus difficile, c'est une position quasi religieuse, unitive. Mais en attendant, zizi : nenni ! Aussi conviendrez-vous qu'il est difficile d'imaginer une angoisse qui aurait pour objet la perte de ce qu'on sait, de mémoire de femme, ne pas avoir.

Je prenais un maximum de notes, et je me risquai à demander, les yeux rivés sur mon carnet : « Et… le clitoris ? ».

— Ah ! Vous savez bien que lorsqu'on met le doigt dessus, il faut le laisser pour satisfaire la démangeaison produite par le fait de l'y avoir mis ! L'organe irremplaçable, à mon avis, c'est l'oreille !

— Quoi ! s'exclama Lepintre le menton en avant…

Un silence s'installa, Krems était songeur. Il murmura :

— Un jour, j'ai susurré à l'oreille d'une femme : « Tu m'as manqué. » Elle m'a quitté illico !

— Étrange, dit Lepintre. Pourquoi, c'est plutôt tendre ?

— Oui ! J'avais seulement oublié que nous ne nous étions pas séparés une seconde depuis notre rencontre…

Le flic était à deux doigts d'exploser :

— Monsieur Krems, je suis flic, je recherche un fou, un criminel, et il me semble qu'au lieu de faire mon travail, je philosophe avec vous. Je dois cependant convenir que celui… que… celle que je recherche est une énigme pour moi, mais pas pour vous. Ils sont deux alors : une abomination et un littéraire associés ! Aux faits, monsieur ! Vos raisons ?

— Je n'ai pas demandé à venir, inspecteur, je n'ai rien à foutre ici, je crois que je vais retourner d'où je viens.

— Pardonnez-moi monsieur Krems, je suis hors de moi, retourné ! Explicitez, je vous prie… Un autre café ?

— Cette femme est une effroyable bouchère, elle tue, elle découpe de l'humain sans état d'âme. Bref, elle est folle, complètement frappée. Sans aucun doute une psychotique, il est certain qu'une haine terrible l'anime. Elle n'est pas installée de tout son être dans une de ces folies où l'on délire à plein tube, où l'on hallucine, mais dans une folie muette, froide, glacée, terrible. Elle aussi est guidée par des pensées, mais elle passe à l'acte, elle agit, elle tranche dans la réalité du corps des autres. Elle aurait pu devenir un grand chirurgien ou une tripière en socialisant son désir, mais cela n'a pas été. Les huissiers, elle les hait, et lui aussi… il ne s'agit pas de la même haine, mais du même traumatisme. J'imagine qu'ils sont frère et sœur et non pas mari et femme. Elle est avec lui dans cette plénitude dont je vous parlais à l'instant, quelque chose d'unitif existe entre eux. Cet homme est tout pour cette femme. Elle suit son texte comme un acteur ou plutôt comme une fantastique marionnette, manipulée sans fil. Dans sa tête, nulle distance avec l'autre, elle ne l'aime pas, son sentiment se situe bien au-delà : il est l'objet de sa complétude ! Sans lui, elle n'y est pas, elle est absente, totalement absente, inanimée !

J'étais fasciné. Lepintre avait la bouche entrouverte et le regard fixe.

— Voyez-vous quelque utilité à ce que je poursuive ?

— Oui… oui, continuez ! dis-je.

Le flic resta muet.

Krems reprit :

— L'allusion, plus encore, la référence qui est faite au « Nom de la Rose » est intéressante à plus d'un titre. Je passe sur la rupture, ou plutôt la médiatisation de la relation univoque entre le mot et la chose, question qui a hanté les érudits, les théologiens du Moyen Âge. Saint Augustin a… laissons-le de côté, sans quoi vous aller penser que je m'égare ! « En premier fut le verbe. » Le Verbe s'adresse au néant après l'avoir nommé, lequel lui répond en accouchant du monde. Je ne suis pas un spécialiste des mythologies, aussi ne suis-je pas certain que toutes tiennent absolument à ce que le verbe soit antérieur à la chose. Ou Dieu précède la Création, ou cette dernière se confond avec lui, ce qui revient à considérer que toute chose fut coexistentielle au verbe et différenciée après que son nom eut été articulé par la Bouche sacrée. Le miroir dont il est question dans la lettre du « psychanalyste » est…

Le flic gigotait, il prenait sur lui, allait-il supporter ? Il intervint après une longue inspiration chevrotante :

— Psychanalyste ou psychiatre, ou psychologue, comme vous voulez… mais, fou !

Krems se recula, fixa l'inspecteur un moment et reprit sèchement :

— Il est bel et bien dans la folie, mais s'il était ici, à ma place, s'il vous parlait en ce moment, vous ne le trouveriez pas plus fou que moi !

J'imaginais qu'il serait extraordinaire que l'auteur de la lettre fut Krems, provoquant Lepintre en lui commentant sa propre prose.

— Poursuivez ! ordonna calmement l'inspecteur.

Lepintre fixait Krems avec une insistance toute particulière, son air n'avait rien d'amical. Lui s'amusait, il savait qu'il n'était pas entendu, que son propos était dérangeant, mais il feignit de l'ignorer et reprit :

— Laissons la problématique du miroir de côté et celle du troisième terme qu'elle introduit dans la construction psychique... L'auteur de l'énigme en donne une stupéfiante description. Une chose singulière va vous éclairer sur le rapport qu'entretient ce duo auquel il me semble que vous ne croyez guère. Notre rapport au langage est toujours quelque peu symptomatique : les rationalistes, les scientifiques, tentent de rendre compte du réel avec des symboles mathématiques et des mots ; je passe sur la question d'expliquer le monde ou de le décrire, avec ses régularités et ses irrégularités. L'approche religieuse, théologienne, appréhende le langage différemment, car il s'agit non plus d'expliquer ou de décrire l'univers, mais de trouver une vérité qui est révélée dans des textes sacrés, et tout ce que l'homme doit savoir du monde s'y trouve, tout !

Lepintre n'en croyait pas ses oreilles, je pensais qu'il allait exploser d'une seconde à l'autre. Il suivait un cours, et ce qu'il entendait, à l'évidence, lui faisait horreur. Krems était aux anges, on ne l'arrêtait plus :

— Prier le Créateur de satisfaire un bon gros désir, de réaliser un miracle, revient à le considérer comme un Dieu du maniement du langage, autrement dit, on prête à un être mythique le pouvoir — sans lequel il ne serait pas pensable en tant que tel — de faire fonctionner le symbolique — le langage — à l'envers. En effet, on attend de Lui que nos propres mots, faisant écho dans sa bouche, produisent de l'effet dans le réel du monde ! Pour les adeptes de la prière, Dieu est une machine à substantialiser, matérialiser les mots en exhaussant les désirs qu'ils expriment. Voilà exactement ce qu'est la bouchère pour le psychiatre, la sœur pour le frère, une machine à réaliser son désir, une divinité qui répond présent !

L'inspecteur devait avoir la tension à vingt-huit ou trente ; il tremblotait.

— Vous allez trop loin, monsieur. Le symbolique, Dieu… La piste que je remonte est bien réelle : un meurtre, une boucherie plutôt, a été perpétrée par une criminelle qui a vraisemblablement laissé des choses derrière elle. On trouvera des cheveux, des traces bien matérielles ! J'aime la consistance, monsieur, et la chose policière touche uniquement à la réalité des faits !

— La consistance n'est pas une référence policière, inspecteur, elle est une question au cœur des mathématiques, lesquelles jouxtent cette affaire : pensez à l'énigme.

Un silence de mort s'installa à la table. La phrase du psy me revint : « … *ces malheureux policiers coincés dans la concaténation des signifiés... Suivre à la trace... Pas plus de traces qu'un bateau sur la mer !* » Depuis que j'avais croisé Krems, j'étais moins impatient de rencontrer l'auteur de l'énigme. J'imaginais ces deux êtres très proches, identiques.

Lepintre regarda Krems à nouveau, fixement.

— Vous pourriez tout à fait être ce… frère-là… non ?

— Non. Impossible !

— Pourquoi ?

— Je n'ai pas de sœur ! Sont-ils frère et sœur d'ailleurs… Pas sûr !

— J'aimerais que vous rencontriez le psychologue de la PJ qui suit cette affaire.

— Non !

— Pourquoi ?

— Les psychologues me font peur…

— Mais vous êtes docteur en psychologie ?

— Justement, je sais de quoi je parle !

— Soyez clair, je vous prie…

— Psychologue, sociologue, vous n'imaginez pas la méconnaissance savante qu'il faut pour tenir, assumer une place pareille. Je préfère rester dans ma petite cuisine… C'est une façon de parler, n'allez surtout rien en déduire !

Lepintre haïssait Krems.

— Monsieur Krems, je vous attends pour votre déposition demain matin à dix heures, à la PJ. Nous reparlerons de cette énigme, et nous parlerons aussi de votre emploi du temps de ces derniers jours.

*

Dans la soirée, j'avais eu Lepintre au téléphone. Dablaisse était tiré d'affaire. La perfusion que la bouchère avait placée était médicalement adaptée, les ligatures des artères étaient parfaites et le chirurgien, compte tenu du temps consacré à la découpe, l'avait qualifiée de très professionnelle. L'anesthésique associé à un savant cocktail avaient été administré dans le cou, entre carotide et jugulaire. Les experts étaient formels, l'injection avait été effectuée à l'aide d'un pistolet à vacciner à usage vétérinaire. L'anesthésique, les quantités phénoménales de Nozipam, un puissant sédatif, un antalgique sulfureux ne laissaient pas de place au doute : l'effet du shoot avait été foudroyant. Dans le bocal de la perfusion, les pharmacologues avaient trouvé un tranquillisant et un corticoïde.

Tout avait été fait de manière à ce que la double amputation de maître Dablaisse ne le fasse ni souffrir, ni trépasser.

Autour de moi, les collègues commentaient l'amputation sur un mode humoristique. À l'horreur de la représentation faisaient écho des rires idiots. Tous préféraient perdre un bras et une jambe plutôt que le pénis : « Sans la biroute, à quoi bon l'étreinte », criait Pierre à tue-tête. Notre patron était radieux.

*

Les ventes de l'édition du *Matin* avaient été monumentales, l'effroyable histoire était dans toutes les bouches. Mon article taisait la certitude de Krems que l'inhumaine Simial n'était pas la rédactrice de la lettre. Je narrais ma rencontre avec un psy plutôt marginal, qui avait décodé en un coup de cuillère à pot cette invraisemblable énigme et qu'il s'en était fallu d'un poil pour que la criminelle soit arrêtée. Je pensais ainsi toucher au moral le marionnettiste, celui auquel Lepintre ne croyait pas. En même temps, j'avais la conviction qu'un penseur de cet acabit ne pouvait que se méfier de tout ce qui touchait à l'amour-propre.

À la demande expresse de Lepintre, Krems n'était pas nommé dans mon article. Il était clair que, suspecté, il faisait l'objet d'une enquête en règle. L'inspecteur n'avait rien voulu me dire de sa déposition du matin.

Les petits mondes de la psychanalyse, de la psychiatrie et de la psychologie étaient en effervescence, des experts de ces disciplines étaient interviewés. Tous étaient des professeurs pédants.

Bouches sacrées de leur discipline, ils insistaient sur le fait qu'une grande connaissance livresque n'impliquait nullement des capacités cliniques. Ils convenaient de plus qu'une dose d'ignorance théorique, pourvu qu'on eût la foi, n'excluait pas le bon geste thérapeutique.

La majorité des psy jubilait, tels des entomologistes cocottant le formol ; d'amicales disputes les opposaient, ils étaient en désaccord quant à la place que devait occuper dans la nosographie la diablesse épinglée : psychose paranoïaque, délire paranoïde, folie circulaire et raisonnante. Il n'était question que de classer la lacano-bouchère au bon endroit, sans l'abîmer.

Des neurologues branchés sur la chimie du cerveau conseillaient presque la criminelle en citant les noms barbares des toutes nouvelles trouvailles en matière de tisanes antipsychotiques. Leur vocabulaire d'avant-garde, technique, imbitable, était comme un écran de fumée à leur propre usage.

Des experts en psychiatrie, d'une normalité quasi pathologique, glosaient sur ce cas clinique avec un air entendu. La problématique de l'huissier — auxiliaire de justice qui saisit et confisque — dans son rapport à la castration était de mise. Le Nozipam faisait aussi beaucoup parler. Le responsable marketing du laboratoire pharmaceutique qui le diffusait, soutenu par des chimiothérapeutes forcenés, expliquait combien, grâce à ce produit, le monde asilaire avait gagné en tranquillité.

Devant sa télévision, l'énigmatique psy devait être interdit.

*

Mes confrères de l'audiovisuel annonçaient que maître Dablaisse était totalement tiré d'affaire. L'adverbe me semblait de trop. Des dizaines de journalistes et de cameramen attendaient on ne sait quoi devant le pavillon de l'hôpital Saint-Louis où l'huissier n'avait été, bien malgré lui, que partiellement admis.

Une chaîne de télévision exhibait son montreur de foire qui commentait le silence de la famille, montrant du doigt le mur gris où se découpait la fenêtre derrière laquelle se trouvait le lit de douleur de ce qui restait de la victime.

Médecins, infirmières, femmes de salle, tout le personnel autorisé à pénétrer dans le service était harcelé, quelques-uns paraissaient radieux de passer à la télévision. L'inspecteur Lepintre avait laconiquement répondu que l'enquête suivait son cours sans ralentir son pas et sans tourner les yeux vers les objectifs.

Soudain, la caméra du direct enregistra les secousses d'un grand mouvement de foule, d'une importante bousculade. Derrière la masse imposante des professionnels du reportage et du direct, un poivrot cradingue avait ouvert un grand sac. À la stupéfaction générale, sur le pavé de l'allée, gisaient un bras et une jambe cuisinés. La jambe, à la façon d'un jambon braisé, était entourée de gelée dans laquelle étaient figées des feuilles de laurier ; le bras, en pot-au-feu, était agrémenté de carottes, navets et céleri, éparpillés.

Les caméras étaient comme folles, elles filmaient l'abomination, elles se filmaient filmant les unes les autres.

Le clodo était pétrifié devant les objets. Il était assailli, bousculé, et visiblement ne comprenait rien à ce qui se passait : « Qui vous a remis cette monstruosité ? Où ? Il y a combien de temps ? »

Les mêmes questions étaient scandées par des dizaines de bouches. Les caméras ne pouvaient plus filmer l'épouvantable popote sans cadrer les pieds des confrères qui tentaient tant bien que mal de ne pas piétiner les plats du jour. Tout allait si loin dans la démesure que je m'attendais à ce qu'un idiot pose la question de savoir si des membres cuits pouvaient être greffés quand même.

Les superlatifs employés par le journaliste passèrent du très grand à l'absolu. Sa voix chevrota au rythme des images et son agitation, comme au plus fort de la tarentelle, fut extrême. Un hoquet paroxystique précéda l'extase de la Saint-Guy et sans attendre d'émerger de sa petite mort, le jouisseur remit ça.

La course de Lepintre et de ses collègues passait en direct… Place ! Place ! Police ! La bousculade était indescriptible. Les membres de Dablaisse furent recouverts d'un imperméable. Deux brancardiers les chargèrent sans délicatesse, ramassèrent les légumes à la hâte et disparurent avec leur ravitaillement dans le pavillon. L'inspecteur avait happé le pauvre hère, il l'entraînait sans doute à la PJ tandis qu'il donnait des ordres à un subordonné en pointant du doigt la porte empruntée par la monstrueuse procession.

Je laissai mes confrères devant le poste de télévision de la salle de rédaction et allai prendre un café. J'étais dans l'attente d'une nouvelle lettre du meurtrier. Je ne parvenais pas à dire comme tout le monde « la meurtrière », j'étais convaincu que Krems avait raison, qu'ils étaient deux. J'avais plusieurs fois été abordé par mon patron qui venait aux nouvelles, il attendait de quoi alimenter les colonnes du journal.

— Toujours pas de courrier, Olivier, ni de coup de téléphone. Elle nous délaisse.

— « Ils », Pierre, ils sont deux.

— « Ils » n'ont pas dû aimer ton dernier article, ils ont changé de support, ils préfèrent la télé à la presse écrite !

Mine de rien, il regrettait que les morceaux livrés en pâture aux caméras du « Treize heures » n'aient pas été déposés ici, au beau milieu de la salle de rédaction.

— Que fais-tu cet après-midi ?

— J'essaie de joindre Krems, il avait rendez-vous à la PJ hier matin ; je compte également téléphoner à l'inspecteur.

— La télévision va diffuser ce soir le portrait-robot de la criminelle. Nous, on le passera à la une demain… Qu'en penses-tu, hein ?

— Laisse ça aux autres, Pierre. Il y a mieux à faire, commentons plutôt le spectacle du journal télévisé, cette curée autour des morceaux accommodés de Dablaisse ; disons ce que nous avons à dire, mais laissons les images aux aveugles du treize heures.

Pierre, ironique, ricana :

— Je préfère penser que tu es un poète et les poètes, mon vieux, ne sont que des anarchistes qui s'ignorent !

— Je sais ! Ils font rater des ventes ! Je file au cinéma, la séance est dans vingt minutes. Je te téléphone ce soir, si j'ai du nouveau.

— Quoi !

— Je vais voir le « Nom de la Rose », je n'ai pas le temps de lire le livre…

— Tu es tombé sur la tête ! Mais c'est grave !

— Relis calmement la lettre du psy à qui tu dois d'avoir multiplié par sept ou huit les ventes du canard. Tu ne veux pas perdre ce filon ?

— Et ton article ?

— Les dix lignes qui sont là…

Pierre était décomposé.

— Rien de plus à raconter ?

— Non !

— Alors à demain.

Je joignis facilement Lepintre, lui aussi attendait impatiemment mon courrier. J'obtins quelques informations concernant le poivrot qui avait déposé les membres confisqués à Dablaisse. Deux cents francs donnés par une femme dont il ne gardait qu'un souvenir confus, il n'avait eu d'yeux que pour le billet. Sa bienfaitrice lui avait fait répéter trois fois les directives qu'il devait suivre. Il n'avait pas vu de voiture, elle était seule et lui avait remis une valise souple à fermeture éclair, poignée porte-manteau, telle qu'on en voit accrochées à l'arrière des voitures des VRP soignés de leur personne. Les membres de l'huissier étaient suspendus, mais ils s'étaient décrochés dans les heurts du transport. La valise et le billet de deux cents francs avaient été confisqués au pauvre coursier, comme pièces à conviction.

Lepintre ne me dit pas un mot de son entretien de la veille avec Krems.

*

Cette fin d'après-midi de septembre était belle. Le coin de ciel au ponant abouté à l'extrémité de la rue était bleu délavé, des petits cumulus finissants s'effilochaient paisiblement ; l'air était calme.

Je parvins à joindre Krems à la Montgolfière : nous convînmes d'un rendez-vous le soir même au restaurant du club.

— Comment se sont passées les choses avec Lepintre, hier à la PJ ?

— Bof… On en parle ce soir ! Il y aura ma femme, Anne. Elle est brune, les cheveux courts, un mètre soixante-dix, musculeuse, un sourire glacé, un je ne sais quoi de tripière et elle déteste les huissiers !

— Alors j'invite l'auteur du commandement à payer que j'ai reçu hier !… Avez-vous suivi les informations du journal télévisé de treize heures ?

— Non, mais Anne m'a longuement parlé de ce spectacle.

J'étais en avance, à deux pas de la place de l'Étoile, je passais devant le Fouquet's d'où s'échappaient des criaillements contrefaits de pintades. J'étais soudainement las, fatigué ; mes pas étaient douloureux, il me semblait que je devais faire venir à moi l'Arc de Triomphe en faisant glisser les Champs sous mes pieds. Je pensais au film que je venais de voir, à la question complexe de la relation du mot à la chose qu'il désigne, qu'il représente ; et à l'image, oubliée. Cette question de l'image me troublait et me renvoyait au « moi », au « moi-même », au « je », et au « moi je… ». J'étais convaincu que Krems et le lettré étaient aussi proches l'un de l'autre que Sherlock Holmes et le professeur Moriarty, mais sans cette haine destructrice réciproque.

« Le Nom de la Rose »… J'eus une pensée pour Holdem… Quel film ! Ce vieux moine érudit, qui avait empoisonné les pages de l'unique exemplaire du livre qu'il ne voulait pas qu'Aristote ait écrit. Et cette pensée surprenante : « seuls les ignorants, les idiots rient… » ; et cet autre personnage qui avait si peur d'être entendu que chacune de ses phrases était construite avec des mots appartenant à plusieurs langues déjà mortes.

À la Montgolfière, le physionomiste me salua sans ostentation.

*

Je filai à la salle de poker : quatre tables étaient occupées, Krems et Borce jouaient à la même. Ils plaisantaient, les visages des autres flambeurs étaient fermés. Borce gagnait beaucoup : aérophagique, gonflé comme une vache à eau, il semblait installé de tout son corps au confluent des rigoles de plaques et de jetons qui s'échappaient des mecs essorés.

Le croupier m'interpella :

— Deux mille cinq « dealer choice, pot limit ». Une place monsieur ?

Je ne comprenais rien, je souris niaisement.

Borce et Krems se levèrent, les mains pleines.

— Désolé, dit Borce, impossible de rester avec vous, je file... Françoise m'a promis de se déguiser en Gabonaise cannibale si... pas le temps de vous expliquer, je vais me livrer, adieu !

Nous allâmes nous asseoir dans un immense salon, face à un vieillard bien mis à l'air méchant et qui, assoupi, n'était occupé qu'à respirer.

— Alors, Krems, hier matin à la PJ...

— Un interrogatoire en règle, mon emploi du temps et sans ambages, mes alibis... Et j'en ai besoin, car avec le nombre de lettres d'huissier que j'ai reçues durant ma vie, le mobile est tout trouvé !

— Le psychologue de la PJ dont Lepintre a parlé était là, je suppose.

— Oui... et il ne doutait pas de sa présence de psychologue ! J'ai répété les mêmes mots que la veille. Au début de l'entretien il disait « monsieur Krems » et à la fin, il s'est oublié dans un « cher confrère ». J'ai senti que ça lui faisait plaisir.

— Voulez-vous que nous passions à table ? Vous êtes diabétique m'a dit Borce…

— Ouais… C'est la plus idiote des façons, pour un juif, de se sucrer !

— Vous êtes juif ?

— Juif athée… C'est très difficile d'être athée !

— J'ai rencontré deux psychanalystes, Rose Holdem et Émile Psertak…

— Rose, vous m'en avez parlé, le grouillot du maître, je ne savais pas.

— Je comptais sur Psertak pour trouver la solution de l'énigme, mais je suis reparti de son cabinet avec dans l'idée qu'elle lui faisait peur, comme si j'étais le Sphinx.

— Cet animal est tout ce qu'il y a de plus effrayant pour un psychanalyste : si vous ne répondez pas à l'énigme qu'il vous pose, il vous baise, puis vous dévore. Si vous y répondez, vous êtes condamné à tuer votre père, à coucher avec votre mère, à devenir le frère aîné de vos propres enfants et pour finir, vous vous crevez les yeux pour ne plus rien voir… pour ne plus vous voir. On devrait dire « la » Sphinx, car cette bestiole était une femelle, et une femelle qui nique les ignorants avant de les becter c'est quelque chose !… Je suis persuadé que si Œdipe a répondu juste à sa devinette c'est tout simplement parce qu'elle ne lui plaisait pas !

— Krems, je ne pense pas que Lepintre vous soupçonne sérieusement d'être l'auteur de la lettre, mais il sent, comme moi, une… ressemblance. Pardonnez-moi, ce n'est pas le mot qui convient… une proximité entre…

— Ne soyez pas gêné, vous avez raison. Ne croyez pas une seule seconde que je sois étranger à cette proximité comme vous dites, et qu'elle me laisse indifférent. Sachez que je suis très troublé. Lui et moi produisons comme à plaisir la même dysharmonie, c'est dérangeant. S'il n'y avait pas cette sorte de parenté entre ce criminel et moi, je n'aurais pas trouvé la solution de son énigme ! Nous avons déjà évoqué ce problème. Les psychologues de la PJ, y en a-t-il qui n'en soient pas…

— Pardon ?

— Un analyste de renom a dit : « À la sortie de la Sorbonne, côté rue Saint-Jacques, les psychologues peuvent soit remonter cette rue fortement pentue, ce qui les mène au Panthéon, soit la descendre, ce qui les conduit tout droit à la Préfecture de police… »

— Et alors ?

— Il a découvert qu'à cette prestigieuse sortie se trouve un immatériel et inévitable toboggan ; alors forcément, ils dégringolent tous !

— Et vous ?

— J'en suis reparti docteur, mais par la porte qui est rue de la Sorbonne… même descente que rue Saint-Jacques, mais pas de glissoir de ce côté-là. Je vous parlais à l'instant des psychologues de la PJ : eh bien, résoudre une énigme témoigne d'une aptitude à penser ce que l'autre pense, à se mettre à sa place en quelque sorte ; le terme technique est

« l'empathie ». Sachez que je déteste cette terminologie !

Maintenant, imaginez : je manipule un monstre, je trouve — mais une seconde trop tard — la solution de l'énigme qui aurait pu sauver Dablaisse et arrêter cette diablesse, ainsi je me trouve invité sur les lieux du drame que j'ai moi-même fomenté et une fois rendu, je fais la nique à l'inspecteur chargé de l'enquête, tandis que je manipule le journaliste qui suit l'affaire. Peut-on plus jouir ?

— Difficile de mieux faire...

— Entre nous, Sandrin, ce que je viens de vous décrire à l'instant, ne l'aviez-vous pas déjà imaginé ?

— Si... et Lepintre aussi, à coup sûr.

— Figurez-vous que je ne demandais rien. On peut penser que le nom de Borce cité dans la lettre du psychiatre, puis la lecture de son polar, vous conduiraient à votre insu, tôt ou tard, à moi. Lepintre a également songé à ce montage des plus raffinés.

— Certainement !

— Sandrin... dans les exercices où chacun pense l'autre le pensant, on est condamné à revenir au point de départ du raisonnement. Voilà pourquoi je déteste ce terme psychologique « d'empathie », ce mot est un cache-misère. Toute ma démonstration, vous l'avez pensée et Lepintre aussi. Et alors ? La belle affaire ! Où en sommes-nous tous les trois si ce n'est au début, avant que tout ce qui a été dit l'ait été ? Vous êtes tous deux dans le même doute et moi dans le même trouble. Le terme de cette circularité, grand Dieu... c'est ce diable !

Krems était songeur, les yeux rivés au plafond, les bras croisés, les lèvres pincées. Il adoptait souvent cette pause en jouant. Joueur professionnel de poker, un étonnant destin pour un psy : pourquoi n'était-il pas installé comme praticien ? Il geignit :

— Sandrin, les mauvais jours, les salles de jeu sont des culs-de-basse-fosse… Le psychiatre qui vous a écrit ne va pas tarder à le faire à nouveau ; je parierais qu'il est diabétique lui aussi !

Ses yeux amusés me regardaient par-dessus des lunettes tombantes, pincées au bout du nez comme des lorgnons.

— Tiens ! Rose Holdem a eu la même idée. Elle m'a parlé de fantasme inconscient et a ajouté : « Que peut-il faire de plus que de se transformer en friandise. » Je dois vous dire que cette logique me dépasse… qu'est-ce qui peut bien vous amener, elle et vous, à penser que ce psy est diabétique ?

— Rose est une ogresse, une mangeuse d'homme qui adore le sucré ! À l'heure du thé, elle voit des diabétiques partout ! Avez-vous idée de ce qu'est une « méconnaissance savante » ?

— Pas du tout !

— Fantasme, inconscient, névrose, somatisation, etc., bon nombre de mots techniques de la psychanalyse font désormais partie du vocabulaire commun, ils sont tombés dans le domaine public. Nul ne doute de l'origine psychosomatique d'un certain nombre de problèmes de santé, le « caca nerveux » est une sorte de tarte à la crème ; les grosses contrariétés rendent malade… « à la mort de mon père, de ma grand-mère, lorsque mon mari m'a quittée… j'ai fait une grossesse nerveuse! » Autrement dit : j'ai converti un choc, un traumatisme, une pensée dont je ne pense rien en une maladie. Pour le coup l'on dit « faire » une maladie et non pas « attraper » ; ce qui sous-entend : si j'avais pensé quelque chose de cette pensée, j'aurais évité de somatiser. Est-ce si différent que de tirer un mauvais numéro à un jeu où il n'y en a pas de bon ? Le médecin annonce à son malade : ulcère, dyspnée… et ce faisant, il ignore qu'il n'est qu'un croupier qui lit dans le réel d'un corps ce qu'il en coûte d'avoir misé sur le silence.

Le chef de salle interpella Krems :

— Julien ! un Vegas 2500 no limit commence, je te réserve une place ?

Il fit signe que non. Il reprit après un instant d'hésitation :

— Un tenant de la psychosomatique sait trouver des traces de langage, de désir, de fantasme et d'inconscient dans ses pets, seulement il n'en tire pas plus que la certitude de son menu de la veille et le regret de constater que les madeleines qu'il aime tant lui occasionnent de dangereux ballonnements. Or, ce qu'il aime, ce n'est pas en vérité ce qu'il mange, mais son « prout », son pet érotisé dont il ne veut rien savoir ! Où cela le mène-t-il ? Parfois à se contenter d'un biscuit qui ne lui procurera plus que des vesses et ce sont ces vents malodorants passés sous silence qui, à son insu, lesteront ses pensées aériennes, fugitives, à la gâterie proustienne qu'il se refuse. Savez-vous que nous, les Français, sommes, et de très loin, les plus gros consommateurs au monde de suppositoires ?

— Et d'après vous, on doit ça à Proust ?

— Allez savoir !

— Votre propos est si surprenant... Très sincèrement, je ne sais pas quoi en penser ! Vous voulez bien poursuivre ?

— Les psychoses, les névroses et leur cortège de somatisations sont des maladies langagières. En accepter l'idée revient à déplacer le savoir du médecin vers le psychanalyste qui est, somme toute, un littéraire du corps. Imaginez : vous sortez de chez votre toubib et en place de l'ordonnance avec laquelle vous filez d'ordinaire à la pharmacie, vous avez une attestation d'ignorance et l'adresse d'un littéraire ! Voilà qui paraît loufoque, pourtant, rien n'est plus fou, croyez-moi, que d'avoir médicalisé la folie et les névroses. Mais bon... on ne va pas en faire une maladie !

— Quel rapport avec le marionnettiste ?

— Le lien logique entre son fantasme que je subodore et les somatisations qui sont dans sa constellation.

— Pourquoi n'êtes-vous pas praticien, Krems... Pourquoi joueur ?

— Les psychologues sont installés dans la méconnaissance savante dont je viens de vous parler. Leur objet n'est ni la névrose, ni la folie, mais la normalité. Être psychanalyste, c'est un peu occuper la place du mort au jeu de bridge : je n'y tiens pas plus que ça, je suis un relanceur, un interventionniste. Dès lors, où est ma place, si ce n'est ici, dans ce club de poker. Cela dit, j'ai quelques patients, mais motus, je ne souhaite pas qu'il m'en vienne d'autres !

— Pourquoi n'écrivez-vous pas ?

— À qui ?

Anne Krems était petite, rousse, mince, quarante-sept ou quarante-huit ans, jolie, pétillante. Elle n'avait rien de la musculeuse croquemitaine qui avait mis Dablaisse en pièces.

La salle du restaurant était superbe, maître d'hôtel, garçons en livrée blanche. D'une table à l'autre des joueurs s'interpellaient, les échanges ponctués de soupirs étaient tous techniques. Le plus bavard était un perdant qui parlait tout seul des sales coups qu'il respirait, de son sombre destin qu'il lisait dans les cartes sans décalage temporel : « Brelan max à la retourne ! Couleur max à la quatrième, je suis beau comme un soleil et patatrac, une doublante ! La dernière carte n'en finit pas de me tuer ! »

Un zigoto au fort accent pied-noir racontait pour la troisième fois l'accident dont il avait été victime dans un coup de poker.

— Qu'en penses-tu, Krems, toi qui calcules tout ?

— Sam, ma poule, tu es juif tunisien et coiffeuse… J'en pense que Dieu a mis la barre très haut pour toi !

Le loser caqueta :

— Cette croupière, Anna, je ne la supporte pas ! Quand je perds un gros coup, quand je me fais déchirer le cul, je sens qu'elle jouit… et elle jouit grave !

— Combien il t'a coûté, ce coup ?

— Quinze mille !

— Tu es un prince !

Sam caressa sa mèche blanche parfaitement teinte et marmonna l'air mauvais :

— Robert a raison, tu es un enfoiré d'intello !

Tout le monde riait dans la salle, sauf les quatre autres joueurs assis à sa table. Krems remarqua mon air interrogateur, il me dit à l'oreille :

— Ils sont cinq frères, on les appelle les Dalton du poker !

— Les Dalton ne sont que quatre…

— Il y a aussi Rantanplan !

Les esprits étaient calmés, sauf celui qu'ils appelaient tous « mon colon », un solitaire habillé en vert qui parlait tout seul et disait de mille façons s'être mis dans la merde jusqu'au cou.

— Krems, qu'est-ce qui vous fait dire que je vais recevoir une nouvelle lettre ?

— Pour tous vos confrères, le criminel est cette femme, alors que dans votre article on devine derrière elle une subtile présence : ce psy ne peut qu'aimer la façon dont vous rendez compte de sa folie.

Anne Krems l'interrompit :

— Je trouve remarquable que tu sois sensible aux choses subtiles, Julien, alors que la police vient de retourner notre appartement, emporter nos couteaux de cuisine… Je ne te parle pas des éditions laser et de la copie du disque dur de l'ordinateur, de nos emplois du temps attestés ! Je sais bien qu'ils font leur boulot, mais quand même ! Qu'est-ce qui t'a pris de trouver la solution de cette énigme ? Enfin, après des années de divan, tu devrais savoir que ces trucs-là sont à éviter comme la peste ! Pfft… j'espère que tu n'as pas tiré le gros lot en étant le destinataire d'une sommation adressée par l'une des victimes ! Et celui, il y a quelques mois, que tu as traité de naine sodomite, c'était qui ?

— Un huissier, c'est un huissier, c'est sans nom dans mon esprit !

Ils rirent aux larmes.

— Krems, ne croyez-vous pas qu'en apprenant que son énigme a été solutionnée par un autre psy, cet allumé va désormais les éviter ?

— Encore faut-il qu'il croie en ce psycho, et si c'est le cas, voilà bien quelque chose de très titillant pour lui. Il y aura à coup sûr une devinette dans sa prochaine lettre. Ça le fait trop jouir de jouer à ça… Et je sais de quoi je parle, croyez-moi !

Nous en étions au fromage. Le valet, une enveloppe à la main, demanda monsieur Sandrin comme on hèle un taxi.

— Pour vous monsieur, déposé à la réception.

Mon nom était écrit en « Times New Roman » sur le kraft au format A4. En bas à gauche de l'enveloppe était inscrit : « personnel », la même écriture… À l'intérieur, une lettre éditée à l'imprimante laser. Je regardai Krems un temps, il contenait difficilement son impatience :

— J'avais juste besoin de ça, dit-il en regardant sa femme d'un ton qui sonnait faux.

Elle haussa les épaules.

— Comment sait-il que je suis ici ? Krems, je suis ennuyé, Lepintre m'a demandé, pis encore, il a exigé que je ne donne à lire cette correspondance à personne d'autre qu'à lui !

— C'est idiot, mais très sincèrement, j'aime autant ça.

Je téléphonai à l'inspecteur qui me demanda de ne pas bouger du club.

Les Krems avaient filé, elle au lit et lui à une table. Lepintre s'assit en me tendant la main.

— La lettre !

Il lut, l'air sombre, et marmonna :

— Mais c'est le diable, Satan en personne !

— Tiens ! Vous convenez que c'est un mec qui écrit.

— Où est Krems ?

— Il joue, à côté.

— Comment ce monstre sait-il que vous êtes ici ? Il vous a suivi, ou fait suivre !

— Sans doute.

— Je vous confisque la lettre… Je suppose que vous en avez fait une copie ?

— Évidemment !

— Pas de publication dans votre journal avant après-demain ! Compris ? Cette nuit et demain, nous allons travailler à résoudre cette énigme et je ne veux pas recevoir les milliers d'appels téléphoniques de la fois dernière. Sans compter tous les huissiers qui pensent être, à la suite de raisonnements abracadabrants, les prochaines victimes ! Une vraie psychose ! Le psychologue de la PJ parle de délires interprétatifs ! J'aime assez cette terminologie. Nous possédons désormais, entre tout, une sorte de clé qui devrait nous permettre de solutionner cette colle.

— Puis-je la faire lire à Krems ?

— Non ! Je vous demande, — mes supérieurs exigent — la plus grande discrétion ! Nous sommes bien d'accord ?

— Vous le soupçonnez, n'est-ce pas ?

— J'ai la quasi-certitude qu'il est totalement étranger à cette affaire… Quasi ! Pas totale. Ce que ce criminel écrit m'indispose autant que ce que dit votre ami, ou presque… Dans mon esprit, ils sont différents et semblables, et donc faits pour s'entendre. Je file à la maison mère ! Et pas de publication demain, ou vous et votre journal allez porter un foutu chapeau : incitation à la psychose dans le milieu des huissiers et entrave à la justice.

— Si cette lettre n'est pas publiée, rappelez-vous, votre criminel adressera ses prochains courriers à la presse étrangère et le rédacteur en chef du *Matin* ne se gênera pas pour vous démolir. Et pensez qu'avec le *Mirror*, pas de pression… Tout va vous échapper !

— J'ai dit « un » jour, Sandrin, pas deux, un ! Le préfet de Police doit être en train d'essayer de joindre votre patron, s'il ne l'a pas déjà fait, bonsoir.

Je restai seul avec le texte photocopié à la hâte par le valet. J'étais fasciné.

Cher Monsieur Sandrin,

J'ai aimé vos articles, ils sont intelligents. Vous avez raison de douter que cette écriture soit de la même main que celle qui tranche.

Tout d'abord, je n'ai pas cru à l'existence de ce psychologue qui aurait trouvé la solution de mon énigme quelques minutes trop tard pour prendre Louise la main dans Dablaisse. Mais la manière parfaite dont Saint-Jullien d'If est décodé me donne à penser que ce personnage est bien réel. Je regrette beaucoup que son nom ne soit pas cité dans votre journal, j'aimerais tant le connaître. Savez-vous que Larrey, le chirurgien des campagnes napoléoniennes, amputait une jambe à la scie en moins de quarante secondes ? Eh bien, les malheureux grognards auraient préféré être opérés par Louise, elle fait mieux encore, chronomètre en main.

Dablaisse a été la victime d'une énorme circoncision, autrement dit, de l'interprétation somatique et non spirituelle du mot « saisie », interprétation dite insensée dans le code Justinien, à en croire un psychanalyste érudit, spécialisé dans la philosophie du droit. Remarquez également que « saisi » est un terme culinaire. Dablaisse porte désormais sur le corps la trace de ce mot, ce qui n'est pas sans conséquence dans son exercice quotidien : le voilà unijambiste, donc ralenti, et gauche au moment de saisir, puisqu'il était droitier. Refilez à l'inspecteur Lepintre un tuyau :

« UNE SURPRISE POUR SAINT MICHEL ET PLUS ENCORE POUR SAINT GEORGES ! »

31ment VÔTRE.

« C'EST LE FILS DE MON PÈRE ET CE N'EST PAS MON FRÈRE ! »

*

Pierre n'attendait jamais de réponses à ses questions. Rien d'étonnant à cela, car elles n'étaient pas les siennes mais celles qu'on aurait dû lui poser. Du coup, la moindre de ses interrogations me faisait me demander qui parlait par sa bouche et lorsque je découvrais qu'il s'agissait de moi, j'éprouvais un réel plaisir à m'entendre dans cette voix qui n'était pas la mienne. Toute question le renvoyait immédiatement à une autre, plus précise, plus vraie, et toute intervention le navrait, quand elle ne l'humiliait pas.

Toute notre clique planchait à voix haute : saint Michel, le plus haut des anges, guerrier combattant le dragon ou pesant les âmes, saint Georges terrassant le dragon… Un dragon ? Rue du Dragon ? On fit chou blanc. Le quartier Saint-Michel, le métro ? Le quartier Saint-Georges à Toulouse, la capitale du 31. Pierre était scotché :

— Quel rapport entre 31 et 224 ? 31 est un nombre premier, alors que 224… Et ce « fils de mon père qui n'est pas mon frère… »

— Un père de l'église ayant un fils ? proposa le chef de la régie pub.

— Et tu en fais quoi de ta trouvaille, gros malin, rugit Pierre : tu la multiplies par 224 et tu la divises par 31 ? Olivier, téléphone à Krems, je veux le voir !

Anne Krems me fit savoir que son mari était rentré au petit matin, qu'il dormait, et que de plus il avait un rendez-vous en fin d'après-midi.

Pierre m'arracha le combiné des mains et mit l'ampli :

— Madame, je suis le rédacteur en chef du *Matin*, lundi nous publierons la nouvelle énigme du dingue. Nous devons absolument parler à votre mari, c'est une affaire de vie ou de mort !... Bon nombre de nos lecteurs voudraient connaître celui qui a solutionné cette énigme sur laquelle tout le monde a séché... Réveillez votre époux, c'est d'une extrême importance !

— Une minute...

Pierre ne tenait pas en place et tout le staff était dans l'attente. Il trouva le temps de poser quelques questions qui restèrent sans écho et de demander à sa secrétaire de joindre Lepintre.

— Julien sera chez vous entre dix-sept heures trente et dix-huit heures.

— Merci, merci beaucoup. Au 206 rue du Louvre, nous l'attendons.

Pierre s'empara rageusement du combiné en attente :

— Inspecteur, nous publions la lettre lundi ! Avez-vous trouvé la solution de l'énigme du siphonné ?

Nous vivions un de ces rares moments où Pierre attendait une réponse.

— Pas de solution pour le moment… Nous publions le texte dans l'édition de lundi !… Avec ou sans l'accord du préfet !… Rien à foutre, chacun son boulot ! À plus tard, inspecteur.

Sans prendre le temps de raccrocher le téléphone, il s'exclama, dans la posture d'un tribun romain atteint de scoliose :

— Les intellos de la PJ sont dans l'incertitude… Ils ont sans aucun doute pensé à « dragon », rue du Dragon, et doivent lister dans l'annuaire toutes les « bouches de feu », les « volcans », tous les noms de volcans, tous les « Michel » et les « Georges » huissiers de justice.

Pierre jubilait. Un type allait se faire massacrer, l'information précédait l'acte, elle était menace, les ventes allaient s'envoler. Il relut à haute voix :

— Maître Dablaisse a été « *la victime d'une énorme circoncision, d'une interprétation somatique du mot "saisie", interprétation dite insensée dans le code Justinien* ». C'est trop ! Lundi on tire à trois millions ! Le charcutier Fleuron Micha a réservé le quatrième de couv'… quadri, et le syndicat national des officiers ministériels une page centrale : une lettre ouverte aux Français !

Pierre apostropha le patron de la pub :

— Sherlock, tu leur as pas fait de réduc au moins ? Du plein pot, tu les as assassinés ?… Sandrin, je veux quelques lignes sur le code Justinien !

La journée s'annonçait tranquille, une pluie dense et continue tombait. Septembre était mourant.

Je farfouillais dans les encyclopédies pour finalement interroger le CD Universalis : Justinien 527-565, Flavius Petrus Sabbatius Justinianus : empereur. Une œuvre législative considérable : *le Digeste*, *les Institutes* et *les Novelles*. Quel rapport entre Justinien et la circoncision, qui était l'érudit auquel le psy faisait référence ? Mes questions restaient sans réponse. J'avais interrogé le juriste du journal, il s'était glacé et m'avait regardé bizarrement avant de décamper.

Je songeais à Larrey et à Louise Simial… Scier une jambe plus vite que ne le faisait le chirurgien des campagnes napoléoniennes ! Au-delà du cynisme du propos — j'étais persuadé qu'il était vrai —, j'imaginais Louise riante, le regard fou, dégoulinante de sueur, sciant avec acharnement des bûches calibrées, son entraîneur l'encourageant, le chrono à la main.

L'énigme m'occupait tout l'esprit, et mes idées partaient dans tous les sens. J'avais la conviction qu'elle touchait à un domaine dont j'ignorais tout : saint Michel, saint Georges me faisaient comme à tout le monde penser au dragon, un pas de plus me menait au 31ᵉ Dragon, mais je savais que j'étais loin, très loin de la solution. *31^{ment} vôtre* au lieu de *224^{ment}*, et ce « *fils de mon père qui n'est pas mon frère ?* », comment lier tout ça ? Krems devait savoir : quelle erreur de lui avoir caché ces devinettes.

*

La famille de maître Dablaisse gardait le silence et rien n'était sorti d'intéressant de l'enquête sur l'assassinat de Lebuc. Lepintre était dans la nature, et nous étions quelques-uns à la rédaction à miser sur l'incapacité des spécialistes du Chiffre à décoder les deux questions couleur sang. En sirotant mon café, appuyé contre le mur du couloir à trois ou quatre mètres de mon bureau, je lorgnais mon clavier et songeais à Krems. En tirant sur mon clope, je jurai de ne décrocher mon combiné qu'à la septième sonnerie.

— Lepintre au bout du fil ! Elle ne nous a pas laissé le temps, venez !

— Elle ne vous a pas laissé le temps ?

— Maître Lucienne Clortier, comme Dablaisse ! Épouvantable ! Venez me rejoindre au 14 rue du Caporal Lésigny dans le 2e.

La rédaction était en effervescence.

— Tu reviens à dix-sept heures trente au plus tard, je veux tous les détails concernant cette affaire : lundi, nous serons les seuls à publier la lettre du meurtrier. Lepintre est aimable avec toi. À coup sûr il a des ordres de ses supérieurs… Ils balisent à l'idée que nous écrivions qu'ils sont incapables de résoudre une charade par manque d'imagination et de vocabulaire. Téléphone-moi dès que tu seras sur place !

Un taxi me déposa, le 14 était visible de loin,

quatre gyrophares en marquaient la position. La pluie tombait toujours. À l'entrée, je croisai un des subordonnés de Lepintre, qui m'indiqua du doigt un chemin balisé par des flics en uniforme.

L'étude était au rez-de-chaussée, au bout d'un couloir qui avait tout du cul-de-sac.

La porte était grande ouverte : je passai devant la plaque professionnelle, dorée et bombée comme un bouclier de parade.

Lepintre, impavide, encaissait les hurlements de la collaboratrice de Clortier.

— Votre nom, madame ?…

— Mademoiselle !

Elle avait encore de la ressource, ses hurlements redoublèrent d'intensité. La pensée trouble que ses cris étaient plutôt en rapport avec son célibat qu'avec le drame me traversa l'esprit.

— Mademoiselle… Voulez-vous que je demande au médecin légiste de…

Elle se moucha bruyamment dans un sèche-larmes brodé. À son air dur, je me dis qu'aucun de ses mouchoirs n'avait jamais servi à éponger le moindre chagrin.

— Mais que fait la police ? Cette femme est un monstre… un monstre !

Lepintre, mal à l'aise, avait l'air découragé. Je restai en retrait.

— Frémont, tu prends la déposition de madame… de mademoiselle, je veux tout savoir, jusqu'au moindre détail… Je reviens dans un quart d'heure.

Venez Sandrin, j'ai besoin d'un petit noir, je suis las, je suis fatigué.

Je me laissais gagner par la fascination des formes changeantes du marc de café flottant au fond de ma tasse. Je bus ce reste et regardai avec attention la trace verticale que laissait la mouture : il n'y avait rien à lire. Lepintre sortit de son silence :

— Même boucherie qu'avec Dablaisse : amputation de la jambe droite et du bras droit, même hauteur de coupe, même technique et mêmes précautions : anesthésie, garrot, ligature des artères, mise en place d'une perfusion. Tout allait si bien pour elle quand les pompiers l'ont emportée que l'urgentiste, après avoir pris son pouls et sa tension, n'a pas estimé devoir changer la perf qui était en place. Elle a été opérée… massacrée sur une toile plastique, comme l'autre. Le sang, le coagulum qui s'y trouvait, provenait en totalité des membres embarqués par cette barge et pas du reste du corps, d'où cette tension quasi parfaite. Sandrin, dix experts, les meilleurs, alors qu'ils disposaient d'ordinateurs surpuissants, ont planché sur cette énigme sans rien trouver ! Et le pire, je vais vous dire le pire : alors qu'ils connaissent depuis plus d'une heure le nom et l'adresse de la victime, c'est-à-dire la solution, et bien rien ! Ils sèchent lamentablement ! Ils ne trouvent pas le moindre lien entre Clortier, saint Georges, saint Michel, 31 et 224 ; et ce fils de mon père qui ne serait pas mon frère. Nous ne sommes pas très doués pour ce type de jeu d'esprit dans la police. Mais tout de même, les services spécialisés de la défense nationale, le Chiffre, c'est leur boulot ! N'écrivez surtout pas ce que je viens de vous raconter ! Vous me le promettez ?

— Les membres amputés ?

— Emportés !

— Louise Simial ?

— Sans aucun doute. Il faudra attendre le réveil de Lucienne Clortier pour en être certain, mais l'acte est signé !

— Que savez-vous sur cette huissière ?

— Cinquante-six ans, célibataire, taille moyenne, mince, sèche, pas très féminine, le genre teutonne sévère, des cheveux filasse et courts, jupe grise plissée, chemisier gris… beaucoup de gris. Mais elle cache son jeu : vous me jurez de taire ce que je vais vous dire ? Sous ses vêtements austères elle est sans culotte et porte une guêpière et des bas noirs. Ses poils pubiens sont orange et son clitoris, plus long que mon auriculaire, est généreusement poinçonné. Certaines cicatrices sont anciennes, pas moins de huit trous de part en part, dont le dernier en date, tout en bas, est traversé d'un anneau en or et lesté d'un chapelet de perles noires ! Et pas des fausses ! À mon avis il y en a pour du pognon… Elle occupe un appartement rue de la Pompe où elle y vit avec sa mère à qui l'étude appartenait, elle lui a succédé. La collaboratrice, entre deux cris, m'a parlé d'un père dont on ne sait rien.

— Ça pue la belle histoire d'amour dans les années 42, 43…

— Sandrin, je vous en prie, épargnez-moi ces remarques ! J'avais compté !

— Inspecteur, ne pensez-vous pas que vous auriez dû laisser plancher Krems sur cette énigme ?

— Je ne suis pas libre de mes décisions, le divisionnaire suspecte Krems et le préfet de police veut que ce qui est policier reste policier. Nous avons des techniciens spécialisés dans tous les domaines, alors ce Krems trouvant ce que nous tous ne trouvons pas, ma hiérarchie déteste. Vous n'imaginez pas à quel point mes supérieurs aimeraient que ce soit lui l'auteur des lettres. Surtout, n'écrivez pas ça, ou je me retrouve muté dans le trou du cul du monde *a tempo* ! Pardonnez-moi pour l'expression argotique, je suis très énervé, cette affaire fait un tel remue-ménage, j'ai tant de pression… J'ai peur de me retrouver dans un placard à balais d'un moment à l'autre.

J'ai confiance en vous, Sandrin, vous n'êtes pas comme ces journalistes, ou prétendus tels, qui photographient ou filment les bouts de chair et se laissent aller au pire sous couvert du droit à l'information. Je sais que vous êtes quelqu'un de bien, vous vous désintéressez des voyeurs.

— Vous sentez bien les choses, inspecteur… Vous me racontez la suite ?

— Lucienne Clortier commence très tôt le matin, sept heures, elle est réglée comme un métronome, elle travaille beaucoup et paraît-il adore son métier.

Une grosse part de son activité est consacrée au recouvrement des impayés d'un organisme spécialisé dans les crédits à la consommation. Son assistante commence à huit heures et demie et ce matin, maître Clortier était attendue. Dans ce café, ici même, à ma place, une blonde aux cheveux longs, musculeuse, avec un air de cheftaine… Bref, Louise Simial avec une perruque. Inutile de vous confirmer qu'il s'agit d'un nom d'emprunt. Louise a attendu ici et lorsque Clortier est arrivée, elle l'a suivie dans le couloir et a dû attendre l'ouverture de l'étude pour se jeter sur elle ; la suite des événements nous sera racontée de la bouche même de la victime.

Vers huit heures et demie l'assistante est arrivée, elle est entrée dans le bureau, je vous laisse deviner le choc. Sur la serrure, à l'intérieur, les traces d'une cale qui a servi à bloquer la porte afin d'éviter toute mauvaise surprise. Le bureau de l'huissière est un capharnaüm : Simial a pris tout son temps pour mettre le maximum de désordre.

Des milliers de papelards sont éparpillés. Tous les dossiers ont été sortis des armoires, apportés dans le bureau de Clortier et lancés en l'air ! En plus, vous ne pouvez pas imaginer ce qu'elle a fait…

— Quoi donc ?

— Elle a fait une cocotte en papier avec la feuille du jour du bloc éphéméride et lui a agrafée aux grandes lèvres… et puis, après avoir refermé la porte, elle a versé un métal liquide à prise rapide dans le trou de la serrure. Clortier avait sur la tête la perruque blonde de la bouchère. Des empreintes digitales, des cheveux, cette fois il y en a partout. Des traces elle en a laissé autant qu'elle a pu… Sandrin, vous n'allez pas me croire : Simial a pissé et chié dans le bureau !

— Non ?

— Si ! Je vous assure ! Peut-on laisser plus de traces ? Venez, retournons à l'étude… Vous n'êtes pas entré dans le bureau de l'huissière ?

— Non, seulement dans celui de l'assistante. Où Clortier a-t-elle été transportée ?

— Dans le même service que Dablaisse.

— Vous avez interrogé Dablaisse ?

— Ce matin, très tôt. Il est choqué, très choqué, ses yeux sont hagards. Il a rencontré Simial deux fois à la brasserie qui est juste à côté de son étude. Il la trouvait charmante, quoique bizarre ; à l'évidence, elle lui plaisait bien.

Elle a évoqué à leur seconde rencontre cette histoire de recouvrement de créance, et c'est bien volontiers qu'il a accepté de la recevoir. Rendez-vous pris, elle est entrée dans son bureau et, en s'asseyant, elle a renversé son porte-monnaie. Rendu idiot par son désir, il s'est précipité pour ramasser les pièces sans se poser de question…

— Il aurait dû se poser une question ?

— Pourquoi avait-elle son porte-monnaie à la main, je vous le demande ? Bref, une fois à quatre pattes, une poigne de fer s'est emparée de sa tignasse en même temps qu'il a ressenti une douleur violente au niveau carotidien, puis le vide. Le pharmacologue de la PJ m'a dit que les produits injectés étant généreusement dosés et très puissants, l'effet a été foudroyant. Quant à la description de cette charmante fillette, personne n'est d'accord, et pour cause, elle change d'apparence comme de liquette. Aujourd'hui elle était blonde, subtilement maquillée, avec une jupe moulante très sexy... Du neuf, Frémont ?

— Non patron ! Tout et rien ! Des traces en pagaille. On saura même ce qu'elle a bu et mangé hier...

— Je sais, Frémont... je sais !

Lepintre afficha une mimique écœurée ; l'assistante hurla sans prévenir, il se tourna vers elle, exaspéré :

— Je suis resté quelques minutes dans le couloir et je ne vous ai pas entendu proférer un son. J'arrive, et vous poussez des hurlements : est-ce moi qui vous fait peur, mademoiselle ?

— Non, inspecteur.

— Très bien, pourquoi criez-vous alors, puisque je suis là ?

Lepintre m'invita d'un geste à pénétrer dans le bureau de Clortier. Étrange automne : des milliers de feuilles jonchaient le sol. Je piétinais des sommations, des menaces, des frais d'actes, des constats agrémentés d'un cachet rond.

Je trempais jusqu'aux chevilles dans l'anarchie, j'avançais parmi les exploits en traînant la patte comme dans une épaisse couche de neige. Je prenais sournoisement mon pied ; Lepintre me fit discrètement comprendre qu'il fermait les yeux pour cette fois. Je m'accordai un petit supplément.

Le bureau de Lucienne Clortier était Louis XV. Je comptai machinalement les pieds du bureau et prononçai à voix haute : il en a quatre ! Lepintre me regarda, l'air surpris :

— Quatre quoi ?

— J'étais ailleurs…

Je restai un moment à contempler le galbe des pieds Louis XV ; je pensais que des jambes arquées, c'était mieux que pas de jambe du tout… Il était temps que j'aille parler à Rose Holdem de la tournure que prenaient mes moments d'absence.

Le portable du flic sifflota :

— Lepintre…

Il écouta sans un mot, devint livide, puis articula sans voix :

— C'est impossible… Grand Dieu, c'est un démon !

Il nota fébrilement, puis demanda si le SAMU était en route. Toute la suite de son propos ne fut qu'une succession ininterrompue de « oui, monsieur », il raccrocha et me fixa l'air ahuri.

— Paris 4e, rue Clément, il est en pièces !… Aujourd'hui, elle fait son marché ! C'est surréaliste… Non, c'est sans nom !

— Un huissier ?

— Un commissaire-priseur, maître Quitray… On y va !

La voiture de police filait à toute allure, une autre suivait, les sirènes hurlaient. Je n'en menais pas large. Lepintre, songeur, balbutia : Lebuc, Dablaisse, Clortier et maintenant Quitray… Ces monstruosités sont préparées avec minutie : reconnaissance des lieux, rencontres, les heures d'arrivée, les heures de départ. Ils n'opèrent pas au hasard, ils savent tout des habitudes de leurs victimes.

— Vous dites « ils », vous êtes désormais convaincu qu'ils sont deux ?

— Oui.

La police était déjà sur place. Le corps du supplicié venait d'être emporté par les pompiers. Un gradé à l'air bourru parla à Lepintre en même temps qu'il nous fit le passage. Des gens étaient agglutinés sur les trottoirs, devant la porte cochère. Sur la façade, pas de plaque dorée indiquant la présence d'un commissaire-priseur dans l'immeuble. Lepintre demanda au gradé :

— Étude ou appartement ?

— Étude.

— Du personnel ?

— Une secrétaire, hospitalisée.

— Massacrée ?

— Seulement droguée.

L'étude, somptueuse, était un vrai musée.

Lepintre pouvait enquêter les yeux fermés : toile de plastique, coagulum, la perfusion était restée en place, et l'urgentiste avait relevé une tension et un pouls parfaits. Les jours du commissaire-priseur n'étaient pas en danger. Cette fois, Louise avait amputé le côté gauche : le bras, et la jambe. La secrétaire, suivant le médecin, avait été anesthésiée. Je traînai dans l'appartement. Rien ne semblait manquer, pas de vandalisme, aucun dérangement. Je quittai nonchalamment le salon d'attente et j'entrai dans une immense pièce dans laquelle se trouvait le bureau Louis XVI de Quitray. J'eus un choc : il avait ses deux pieds gauches coupés à mi-hauteur et du coup, tout ce qui était dessus était éparpillé au sol, sur un tapis de soie.

Lepintre, la tête dans les mains, était effondré dans un club en cuir marron.

Les flics s'affairaient, les mêmes spécialistes relevaient les mêmes traces, les rideaux avaient servi d'essuie-mains, Louise avait laissé sa signature.

— Je n'y comprends rien, soupira Lepintre. Chez Lebuc elle ne laisse aucun indice, chez Dablaisse elle laisse traîner quelques petits trucs et chez Clortier et ici, c'est le jackpot, la totale !... Une perruque rousse ce coup-ci et... elle a encore pissé !

— Et si ce psy, cet azimuté, se travestissait ?

— Je n'avais pas pensé à ça ! C'est une idée...

Surgit un homme à l'imposante stature. Il arborait au revers de son costume une distinction honorifique. Suivait le divisionnaire, celui-là même qui avait gazé le collaborateur de Dablaisse. Il cherchait à se faire tout petit.

— Inspecteur ! Vous pensez que ces massacres vont durer encore longtemps ?

— Monsieur le préfet, ils sont diaboliques ! Je ne sais pas où aller, où chercher, il y a dix ou vingt mille « psytruc » en France, et...

— Et j'ai le syndicat des officiers ministériels qui me tombe dessus à bras raccourcis... Je ne voulais pas faire d'humour ! Nous lisons dans la presse, et cela ira crescendo, que nos services de police sont nuls et, comme si cela ne suffisait pas, que nos spécialistes du codage et du décodage — autrement dit nos experts du Chiffre — sont incapables de résoudre le moindre rébus. La situation est grave inspecteur, très grave ! Cette folle nous ridiculise, chez nous et à l'étranger... Que suggérez-vous ?

Le préfet de police me fixa.

— Qui êtes-vous ?

— Olivier Sandrin, journaliste au *Matin*.

— Ah ! c'est vous qui recevez les lettres... Vos articles ne vilipendent pas notre grande maison, vous êtes de ces professionnels qui font leur travail d'une manière respectable, quoique vous soyez politiquement... Je ne trouve pas le mot...

— Restons sobres, monsieur le préfet : engagé.

— C'est ça ! Monsieur, je vous prie instamment de ne pas rapporter dans votre journal cette malheureuse expression...

— « Le syndicat des officiers ministériels vous tombant dessus à bras raccourcis » ?

— Oui...

— Vous pouvez compter sur moi, mais vous avez très bien fait de me le demander !

Son regard s'adoucit. Il reprit :

— Le plus grave, messieurs, est que nous avons deux estropiés de plus sur les bras, les noms et les adresses des deux martyrs, et que cette foutue énigme reste tout aussi énigmatique : « *une surprise pour saint Michel et une plus grande encore pour saint Georges, 31ment vôtre et ce fils de mon père qui n'est pas mon frère...* » Nous n'avons rien à en dire, rien ; c'est gravissime, messieurs. Si encore l'énigme précédente s'était avérée une élucubration de schizophrène, nous aurions matière à défendre nos services. Savez-vous ce qu'on lit dans la presse nationale et étrangère, ce qu'on entend sur les ondes ? Que ce n'est pas de logique que nous manquons, mais de culture générale ! J'ai rendez-vous avec monsieur le ministre de l'Intérieur à dix-huit heures ce soir… Que vais-je bien pouvoir lui raconter, inspecteur ? Que vous ne savez rien, que vous n'avez pas la moindre piste ?

Lepintre garda le silence, tandis que le divisionnaire était plus violacé encore qu'au sortir des toilettes de Dablaisse.

— Il me faut une idée, inspecteur, il me faut impérativement quelque chose… Au moins la solution de cette énigme ! Nous avons la réponse… les deux noms, les adresses, on devrait trouver le lien logique. Faut-il vous dire que si nous ne le trouvons pas d'ici lundi, il va y avoir un grand ménage dans nos services, une amputation de masse… des corps entiers, le mien pour commencer. Le patron du Chiffre vient d'être remplacé, mais motus ! Alors Lepintre ? Le divisionnaire ne jure que par vous ! Une idée grand Dieu, une idée !

— Krems, monsieur le préfet.

— J'y ai pensé, mais ça ne me plaît pas !

— Alors je file préparer mes bagages, monsieur le préfet. Je ne suis pas un spécialiste des charades, je ne suis pas de taille.

— Inspecteur ! J'ai dit que cela me déplaisait, je

n'ai pas dit que j'y étais opposé. Que pensez-vous de ce Krems, monsieur Sandrin ?

— Un logicien atypique, un drôle de mec…

— Je vois le genre…

— Non, monsieur le préfet, c'est impossible !

— Trêve de polémique : imaginez que ce Krems soit l'auteur des courriers, eh bien nous passerons tous pour les plus grands crétins de l'histoire de la criminologie. Nous serons nommément dans tous les manuels et pour longtemps les exemples personnifiés de la connerie policière ! Y avez-vous songé ?

Le divisionnaire s'était débrouillé pour ne pas être dans la ligne de mire du préfet. Lepintre, très attentif, répondit sans se démonter :

— Monsieur le préfet, Krems n'a rien à voir avec cette sale histoire, j'en ai la conviction. Nos services ont enquêté, sa vie a été passée au peigne fin… la vôtre aussi, monsieur Sandrin.

— J'imagine, inspecteur.

— Quelques mots concernant votre conviction, Lepintre…

— Monsieur le préfet, Krems est un ancien du CNRS. Il était chercheur, un chercheur, comme il le dit lui-même, qui n'a jamais rien trouvé. Maintenant, il est joueur de poker professionnel, joueur d'échecs et de backgammon. Si je devais résumer sa fiche de police : un anarchiste, y compris parmi les anarchistes ! Il dort le jour et sort à la nuit tombante, il est une sorte de vampire se nourrissant de son propre sang !

— Il a fait du jeu son métier ?

— Oui, monsieur. Au CNRS et partout ailleurs, tous en parlent comme d'un marginal. Il a été longtemps militant anti... anti-tout ! Il a donné des cours à l'université sur la logique floue, le jeu bien sûr, et il a écrit des articles dont je n'ai retenu qu'un titre : « La masturbation chez le homard » !

— Pauvre bête, murmurai-je : se branler avec une pince !

La petite assemblée ne broncha pas. Lepintre, studieux, sortit un petit carnet et lut : des cours sur la théorie mathématique de la communication, une thèse sur l'efficacité des algorithmes dans le traitement des problèmes intrinsèquement difficiles, des articles sur l'histoire du jeu d'échecs, une solution originale à un problème de logique... il est passionné d'astronomie, il semble détester les psychologues plus que les flics.

Le préfet était rêveur :

— Tiens, nous avons un point commun, et de taille ! J'aimerais bien en parler avec lui...

— Enfin, il est marié et a deux filles...

— Lepintre, soyez à mon bureau à dix-huit heures, avec monsieur Sandrin ; le ministre de l'Intérieur sera des nôtres. Je veux y voir Krems, les menottes aux poignets s'il le faut ! Suis-je suffisamment clair ?

— Oui, monsieur le préfet.

Je téléphonai à la rédaction du journal pour informer Pierre des derniers rebondissements.

— Un ricochet ! Ça devient une véritable affaire

industrielle. Tu es convié ce soir chez le préfet de police en présence du ministre de l'Intérieur... fichtre ! Tu te débrouilles bien, mon lapin... Lundi, on tire à cinq millions... On explose les chiffres !

— Un million d'exemplaires par morceau d'huissier ?

— Olivier, le journal a gagné des millions de lecteurs pour un temps, mais toi, tu vas passer à la postérité. Quel tirage pour le bouquin que tu vas écrire quand cette affaire sera terminée ? Entre nous, tu espères sincèrement que les flics vont rapidement mettre fin à ce carnage ? Tu pries le saint protecteur des huissiers de justice ?... Tu prends ton pied, mon salaud ! Alors arrête de me prendre pour une truffe !

— Pierre, tu es épuisant. Je te téléphonerai dès que la réunion de ce soir sera terminée.

— Tu me rejoins au restaurant avec Krems ! Je veux le connaître et le patron aussi : pas le petit patron, le grand, celui du groupe. Il nous invite ce soir. Il faut que nous négocions une exclusivité.

Pierre, comme à son habitude, n'attendit pas ma réponse. Il me donna l'adresse du lieu de rendez-vous sans que j'aie pu placer un mot :

— Rue Quincampoix, juste avant la rue aux Ours, le Bossu. Dès que tu sors de la Préfecture tu m'appelles. Je veux voir Krems ce soir ! S'il le faut, tu invites sa femme, ses enfants, son père et sa mère, son frère... Il a un frère ?

— Tu penses à l'énigme ?

— On ne peut rien te cacher.

— Tu lui poseras toi-même la question… s'il est des nôtres.

— Comment ça, s'il est des nôtres ? Si tu ne me l'amènes pas, ce qui est arrivé à tes huissiers, ce sera de la gnognote à côté de ce que je vais te faire ! À tout à l'heure.

Lepintre ramassa l'agenda de Quitray, le feuilleta et lut en diagonale les papiers épars. Voyez-vous ça ! bredouilla-t-il.

— Quoi donc inspecteur ?

— Quatre repas dans la semaine avec Lucienne : deux le midi et deux le soir… Elle est dans son agenda : téléphone professionnel et privé, numéro de campagne… Frémont ! Appelez Krems immédiatement et passez-le-moi !

— Madame Krems, inspecteur Lepintre, il me faut parler à votre mari… Il dort… Réveillez-le ! Parfait, j'attends.

Deux minutes de silence. Lepintre alternait les mimiques et les bruits de bouche. Il devait se demander si le marginal allait accepter de collaborer.

— Monsieur Krems, je dois absolument vous voir ce soir, votre rendez-vous au journal est annulé. Le préfet de police et le ministre de l'Intérieur veulent vous rencontrer. J'ai ordre de vous conduire à ce rendez-vous de force s'il le faut ! Nous passerons vous prendre à dix-sept heures. Sandrin sera des nôtres, je vous téléphonerai de la voiture lorsque nous serons rue Manin.

Lepintre, silencieux, immobile, prognathe, avait

le regard perdu dans une huile printanière signée Barbara Dukat.

— Frémont ! Que savons-nous de ce Robert Quitray ?

— Commissaire-priseur, cinquante-trois ans, né à Paris. Il est veuf, sa femme s'est suicidée il y a cinq ans… un sixième étage. Il y a eu enquête, mais il a été lavé de tout soupçon. Trois enfants, grosse fortune, spécialiste du Louis XV, du Louis XVI, des peintures des XVIIe et XVIIIe. Il est grand, un mètre quatre-vingt-cinq, cent dix kilos, très autoritaire ; un homme de caractère. Il passe presque tout son temps à deux pas de Drouot, où il a ses bureaux ; ici, c'est son annexe, sa garçonnière. Son hobby : la chasse ; il a un petit château en Sologne. Il est engagé politiquement, centre-droit, il brigue depuis longtemps un siège de député. Il est très fier d'être membre d'une association très élitiste, la Carpeza, pour y être admis, il faut un Q.I. compris entre cent trente-cinq et cent quarante.

— Et à plus de cent quarante ? demanda le préfet, tandis qu'il tournait les talons.

— Ils trouvent idiot d'avoir plus ! Et si vous êtes idiot, vous ne pouvez pas y entrer !

Le préfet s'esclaffa en s'éclipsant :

— Pourvu qu'il ne vire pas à droite !

Lepintre ajouta sur un ton confidentiel :

— Il y a quelques années, j'ai enquêté sur eux. Ils ont un rite initiatique incroyable, la cérémonie d'intronisation consiste à suçoter treize têtes de carpes, d'où leur nom.

— D'où tenez-vous cette histoire ?

— D'un ami juif qui prétend avoir un Q.I. à trente-sept-deux au réveil, il leur vend les poissons. C'est très cher ces machins-là ! À la Carpeza, ils disent que ce rite est une énigme remontant à la nuit des temps.

— Je vais y jeter un œil…

— Frémont, au rapport !

— J'ai relevé chez maître Clortier quatre rendez-vous avec Quitray, deux le midi, deux le soir. Ils se voyaient beaucoup. J'ai demandé à la secrétaire s'ils fricotaient ensemble, la question lui a rendu ses couleurs !

— Bravo Frémont, elle hurlait toujours au moment où vous êtes parti ?

— Non patron. Clortier et Quitray étaient très proches…

— Le même lit ?

— Les mêmes affaires. D'après la secrétaire, ils travaillaient main dans la main.

— Main dans la main… Vous trouvez ça drôle, Frémont ?

— Pardon patron, je ne voulais pas…

Frémont était d'apparence si coincée, qu'on imaginait mal qu'il ait voulu faire de l'humour. Lepintre me fit un clin d'œil…

— Vous n'allez pas oser commenter leurs étreintes à l'hôpital, Frémont ?

— Oh ! inspecteur…

— Vous imaginez ?

— Oui…

— Mais, comment pouvez-vous ?

Frémont était au bord des larmes.

— Frémont !

— Oui, patron…

— Bravo pour le carnet de rendez-vous de Clortier et pour l'interrogatoire de sa secrétaire. Du bon boulot ! Vous êtes un excellent collaborateur.

Frémont regardait ses chaussures, des godillots faits pour durer.

— Épluchez tout ce qui peut l'être, interrogez les voisins et appelez-moi sur mon portable si vous trouvez quelque chose d'intéressant. Un café, Sandrin ?

— Avec un Paris-beurre !

Il était l'heure de passer prendre Krems. J'étais impatient d'assister à cette réunion avec le préfet de police et le ministre de l'Intérieur. Je songeais à cette métaphore de Krems, cette histoire de toboggan réservé aux psychologues à la sortie de la Sorbonne côté rue Saint-Jacques. Krems s'imaginait y avoir échappé, comment allait-il vivre sa dégringolade ?

La rue Manin donnait sur le parc des Buttes-Chaumont, de rares immeubles modernes brisaient le charme du lieu. Lepintre avait téléphoné en route et Krems attendait adossé à un marronnier. Alors que tous les arbres du parc avaient encore un feuillage vert, ceux qui bordaient la rue, en avance d'une saison, avaient déjà toutes leurs feuilles orangées et ratatinées.

Gilet, montre à gousset, pantalon gris en flanelle, Krems paraissait bouder.

Lepintre était au volant et le divisionnaire à la place du mort ; Krems prit place à côté de moi. Il bougonna un bonjour, puis tout l'espace sonore disponible fut brutalement occupé par la sirène.

Le couloir menant au bureau du préfet était somptueux, un huissier nous fit pénétrer dans un immense salon d'attente dont le lustre devait peser plus de deux cents kilos. Le divisionnaire était très nerveux, il regarda Krems furtivement et à sa mimique je lus qu'il n'en pensait rien de bon. Joueur et maquereau soit, mais joueur et universitaire si bien gradé : le flic perdait ses repères. Cet homme bourru avait à l'évidence envie de lui parler, de le piquer de quelques mots, mais il hésitait, tel un assaillant impressionné par le fléau d'armes pendant au côté d'une quintaine. Une porte s'ouvrit, l'huissier droit comme un i et stylé comme un torero s'effaça pour laisser passer. Le préfet se planta au seuil de son bureau et nous invita à entrer d'un geste las.

Le ministre de l'Intérieur paraissait préoccupé, sans ressort, dépassé. Après de rapides présentations, le ministre évoqua la situation à laquelle il devait faire face :

— Si cette folle n'est pas arrêtée dans les jours qui viennent, nous allons droit à la catastrophe ! Au-delà de nos enjeux personnels, reste le ridicule qui touche déjà notre police, et, plus encore, nos spécialistes du Chiffre. La police n'a aucune piste. Vous semblez convaincu, inspecteur, que le rédacteur des énigmes et la monstresse qui massacre nos officiers ministériels sont deux personnes distinctes !

— Oui, monsieur le ministre, Krems m'en a persuadé.

Le ministre était livide, il torturait un papier officiel qu'il avait ramassé là, au hasard sur le bureau :

— Messieurs, l'énigme va paraître dans la presse lundi, sans solution, mais avec un résultat : deux bras et deux jambes dans la nature et les noms de ceux à qui ils ont été empruntés ! « Emprunté » est le mot juste ! Car ce qu'ils prennent, ces criminels le rendent ! À l'heure où je vous parle, ce que nous pouvons tenir pour certain se réduit à ce que ces deux malades mentaux mijotent ! À côté de ça, nous avons les noms et les adresses des deux victimes, et nous restons comme des idiots, dans l'impossibilité de trouver une solution… comment dire…

— « Formelle », monsieur le ministre, reprit Déribois, un homme aux traits tirés et à l'allure sombre qui ne nous avait pas été présenté.

— C'est ça ! Merci, Déribois. Si d'ici lundi vos services n'ont pas trouvé la solution — formelle — à cette énigme, je me charge de vous avoir un poste d'éducateur dans la banlieue nord… La Courneuve ! Vous aurez un ex-préfet et un ex-ministre dans votre classe, Déribois ! Et je ne plaisante pas, vous savez ce qui vient d'arriver à celui dont vous avez le poste depuis une heure ?

— Je sais, monsieur le ministre, je sais.

— Puisque vous savez, où en sont vos services avec cette énigme ?

— Au point mort, monsieur le ministre, au point mort. Rien, le vide ! Mais j'arrive, je ne suis en poste que depuis cinquante minutes exactement...

Le préfet s'adressa à Krems :

— Monsieur, vous avez une solution ?

— À quoi ?

— Il était normal que les services de police vous soupçonnent et enquêtent sur vous... Que pensez-vous de la dernière énigme ?

— J'ignore de quoi vous me parlez.

Lepintre intervint, l'air embarrassé :

— Monsieur, les ordres étaient de garder confidentiel le contenu de la dernière lettre du criminel.

— Monsieur Krems, nous avons deux nouveaux corps massacrés, amputés chacun d'un bras et d'une jambe : le côté droit de maître Clortier et le côté gauche de maître Quitray, ce dernier n'étant pas huissier, mais commissaire-priseur. Et cette foutue énigme ! Comprenez, la première était brillante, c'est ainsi que l'opinion publique a réagi : un superbe exercice de style, le pur produit d'un cerveau dérangé mais diaboliquement intelligent. Les choses seraient différentes si la presse nationale et internationale considérait que ces énigmes ne tiennent pas debout. Elles ne sont pas logiques... mais, comment dire... elles le sont tout de même ; il y a un fil d'Ariane, personne n'en doute... Monsieur Krems, je n'irai pas par trente-six chemins : accepteriez-vous de collaborer avec nous ?

Krems resta impavide, il quitta sa chaise de style

et alla droit à la fenêtre : il regarda du côté de la rue Saint-Jacques, il pensait sans doute à ce torrent invisible qui prenait sa source au Panthéon et se chargeait à mi-cours des « socio-psy » sorbonnards qu'il charriait jusqu'ici, au cœur des bataillons contenant la chienlit.

— Monsieur Krems, reprit le préfet…

Tous attendaient une réponse, le silence s'était installé. Krems marchait lentement dans la pièce, l'air sombre. Il examinait le lustre et semblait en compter les pampilles. Il fixa alternativement le préfet et le ministre et lâcha :

— Messieurs, voici mes conditions de consultant : quinze mille par jour sur la base de vingt jours, exonérés d'impôts, plus les frais. De plus, pas d'horaires, pas d'ordre, aucun rapport. Vos inspecteurs feront ce que je leur demanderai de faire, sans jamais discuter. Et pas d'obligation de résultat ! Que les criminels soient arrêtés ce soir, demain ou jamais, mes honoraires resteront inchangés, quinze par vingt, ça fait trois cent mille !

Le ministre s'exclama, les yeux exorbités :

— Vous voulez être payé, même si vous ne trouvez rien ?

— Vous ne payez pas les flics dont les enquêtes n'aboutissent pas ?

— Et on parle de salaire de ministre !

— Il me faut une voiture avec chauffeur. Je travaille avec Lepintre et Sandrin.

— Banco ! s'écria le ministre.

— Ce mot n'est pas innocent, monsieur, il est

toujours suivi de l'expression consacrée : « Éclairez les masses ! ».

Le ministre regarda Krems, sidéré :

— Ce qui signifie ?

— Cinquante pour cent de mes honoraires sont payables dès maintenant, et le solde dans dix-neuf jours.

— Très bien ! Permettez-moi une question indiscrète : pourquoi quinze mille par jour et vingt jours ?

— J'aurais pu vous demander vingt par quinze, mais « Quinze-Vingts » est le nom de l'hospice fondé par Saint Louis pour les aveugles : il s'agit bien pour vous d'y voir clair, n'est-ce pas ?

La consternation fut générale.

Le ministre soupira :

— Monsieur Krems, notre contrat doit absolument rester secret : vous ne travaillez pas officiellement pour nous, et votre nom ne doit apparaître nulle part. Si vous contribuez à l'arrestation de ces criminels, et j'y compte bien, tout le mérite en reviendra à la police.

Le préfet de police se tourna vers moi :

— Monsieur Sandrin, cette réunion doit rester confidentielle, pas un mot dans votre journal ! En aucun cas ! Vous avez et vous aurez suffisamment d'éléments que les autres journalistes n'ont pas pour multiplier le tirage du *Matin* par dix sans nous mettre dans l'embarras face à l'opinion publique. Ai-je votre parole ?

— Vous l'avez.

Le ministre de l'Intérieur s'adressa à Déribois :

— Monsieur le directeur, veuillez faire part à M. Krems de l'énigme qui a coûté quelques kilos de chair à deux officiers ministériels.

Il écrivit au tableau :

« *Une surprise pour saint Michel, et plus encore pour saint Georges !* »

« *31ment vôtre. C'est le fils de mon père et ce n'est pas mon frère.* »

Krems éclata de rire :

— Monsieur Déribois, n'y a-t-il pas un point d'exclamation à la fin de cette dernière phrase ?

— Si, absolument ! Il est important ?

— Non ! Mais il manque terriblement.

Déribois reprit :

— La réponse logique est : « c'est moi », je suis bien le fils de mon père mais je ne suis pas mon frère !

— Tout à fait d'accord, votre déduction est parfaite ! Il se trouve que cette devinette est au cœur d'une vieille histoire yiddish, l'histoire des juifs d'un village de Pologne qui avaient la réputation d'être les plus cons du pays, c'est pourquoi je souris ! Mais poursuivez, je vous prie.

Je pensais : enfin une histoire d'ashkénazes idiots.

Déribois fit la moue avant d'avouer :

— « 31 et 224 », nous séchons ! Le traitement informatique mène à tout et à rien ! Nous ne trouvons aucun lien entre ces deux nombres et « c'est moi ! » Quant à la première partie de l'énigme : « *une surprise pour saint Michel et plus encore pour saint Georges* »… Les imaginations vont dans tous les sens !

Le divisionnaire interpella Déribois :

— Monsieur le directeur, je ne comprends pas le « c'est moi ! »

— C'est le fils de mon père et ce n'est pas mon frère ! Qui voulez-vous que ce soit ? C'est moi !

Ce flic avait une qualité rare, il n'était pas de ceux qui rient avec les autres avant de comprendre ce que l'histoire a de marrant. Il ne pigeait toujours pas, et il le fit à nouveau clairement savoir. Krems intervint :

— Monsieur le divisionnaire… Vous êtes bien le fils de votre père ! Vous n'êtes cependant pas votre frère ! Dans la phrase « *c'est le fils de mon père et ce n'est pas mon frère !* » celui qui énonce se désigne implicitement comme sujet de l'énoncé : je suis le fils de mon père, mais je ne suis pas mon frère !

— Bien sûr ! Pardonnez-moi, je ne me concentrais pas sur l'énoncé.

— Cette phrase est totalement asémantique, dit Déribois.

— Certainement pas, reprit Krems : sa signification se déduit comme ce qui est à droite du signe égal lorsque vous mettez 2+2 à sa gauche ! Sa logique, sa signification, sont quasi arithmétiques !

— Rien de cartésien, insista Déribois.

Krems n'était pas d'accord :

— Nous reparlerons une autre fois de Descartes. Était-il si cartésien que ça ? Quoi qu'il en soit, cette phrase est d'une linéarité…

— Messieurs, messieurs ! Ici on n'est pas à Normal Sup, maugréa le ministre. Que penser de « 31 ou 224, c'est moi ! » ?

— Aucune idée, monsieur le ministre, répondit Déribois.

— Monsieur Krems ?

— Dans sa précédente lettre, il signait 224, cette fois il signe 31 et ajoute : « c'est moi ! ». Je pense qu'il se moque du monde ; l'énigme à proprement parler est uniquement contenue dans la première phrase et je subodore quelque chose de très tordu !

— Avez-vous une idée, monsieur, dirent d'une même voix le ministre et le préfet.

— Non. Cette colle est si différente de la précédente !

Krems se tourna vers Lepintre…

— Vous me suspectez toujours, inspecteur ?

— Très sincèrement, non !

Krems parut satisfait.

— Inspecteur, écrivez, je vous prie, les noms et adresses des deux dernières victimes, sur le tableau, sous l'énigme.

Tout le monde planchait en marmonnant, le manège durait depuis un quart d'heure.

— Il manque forcément quelque chose ! s'écria Krems.

— Tout y est, monsieur, absolument tout ! Les noms, les prénoms, les rues, les numéros…

— Il manque les arrondissements.

— Si ce n'est que ça, deuxième et quatrième.

Lepintre était énervé, cette demande lui sembla

inutile, totalement étrangère au problème. Krems, songeur, murmura :

— Deuxième et quatrième… deuxième et… Un téléphone !

Le groupe était silencieux, nous suivions une conversation étrange :

— Laurent ? Julien au téléphone… Tu es un spécialiste de la Sicilienne et tu joues la variante du Dragon n'est-ce pas ? Il y en a deux ! Donne-moi les coups, je te prie. Oui, maintenant. Non, ça ne peut pas attendre !

Krems écouta, griffonna des notes. Il raccrocha. Deuxième et quatrième… serait-ce possible que…

— Monsieur le préfet, faites porter ici tous les plans de Paris disponibles… Il me faut les plus usités, les plus vendus.

— Des plans de Paris ?

Une mouche volait. Sur le bureau du préfet, Krems épluchait les plans. Il avait demandé à Lepintre et à Déribois de les ouvrir et de marquer au crayon les rues et, d'une croix, l'emplacement approximatif où se situaient les deux études. Le ministre et le préfet, dubitatifs, se regardaient en chiens de faïence.

— Il est fortiche ! Où va-t-il chercher des trucs pareils, s'exclama Krems.

— Vous avez trouvé ? dirent d'une même voix le haut fonctionnaire et le politique.

— Je crois !

Tomba un silence de mort.

— Monsieur Déribois, dit Krems, à la lecture de « saint Michel » et de « saint Georges », vous avez songé à « dragon » ; ils en ont l'un et l'autre combattu et terrassé un. Vous avez considéré sans succès la voie du « sang-dragon », cette résine rouge aux propriétés hémostatiques, vous avez exploré les rues du Dragon : le 17e, le 31e, etc. Mais que faire, que penser de la petite et de la grande surprise ?

— Exact !

— Il s'agit en fait du Dragon de la défense Sicilienne aux échecs...

Le silence était impressionnant. Krems reprit :

— Deux sous-variantes du Dragon sont très jouées : l'une a pour nom le Dragon accéléré, l'autre le Dragon hyper accéléré. Dans la partie du Dragon accéléré, les noirs jouent g7-g6 au quatrième coup ; dans la seconde variante, ils jouent également g7-g6, mais au deuxième coup. Un échiquier se représente à la manière d'une grille de soixante-quatre cases de un à huit verticalement et de A à H horizontalement.

— Et alors ? dit le ministre les yeux écarquillés...

— Alors ? Alors les services de M. Déribois ont trouvé la solution de l'énigme ! Une surprise pour saint Michel : le « Dragon accéléré » au quatrième coup ; et plus encore pour saint Georges, le « Dragon hyper accéléré » au deuxième coup. Dans les deux cas les noirs jouent g7-g6. La surprise pour saint Michel est un Dragon « rapide » et plus encore pour saint Georges un Dragon « hyper rapide » ! Deuxième coup pour le deuxième arrondissement et quatrième pour le quatrième ! Lorsque vous cherchez à situer une rue sur un plan, on vous indique l'arrondissement, lequel est quadrillé comme un échiquier : h2-h3 ou g7-g6, certains éditeurs ajoutent dans ces carrés des petits ronds numérotés de 1 à 20, placés au plus près de la rue que vous cherchez. Regardez ce plan, j'ai le même chez moi. L'étude de Clortier, Paris 2e, colonne G. La croix indiquant l'emplacement approximatif de l'étude dans la rue est située juste entre les deux petits ronds marqués des chiffres six et sept : ils se touchent presque.

Le moment d'étonnement passé, chacun vérifia : les têtes s'entrechoquaient à la verticale d'un plan de la capitale. On entendait marmonner : entre le six et le sept ! Ces deux chiffres sont à peine séparés de trois millimètres sur le plan, confirma le préfet… à un poil près, la situation de l'immeuble dans la rue, certifia Lepintre. Le politique et le haut fonctionnaire jubilaient…

— Et l'étude de Quitray, dirent-ils en chœur, voyons : 4e arrondissement, colonne G, les chiffres 6 et 7…

Stupeur ! Il n'y avait pas de colonne G sur le plan du 4e arrondissement. Tous reprirent en chœur : pas de colonne G ! Une immense déception gagnait. Le ministre était désespéré :

— Monsieur Krems, il n'y a pas de colonne G sur le plan du 4e, regardez ! La première colonne est un H, puis I, J… bien sûr !

— C'est juste, monsieur, le plan du 4e commence effectivement colonne H, mais pensez qu'il n'est qu'une partie d'une vaste carte qui couvre les vingt arrondissements de la capitale dont la première colonne est A et la dernière R ou S. Si les plans de chacun des arrondissements de Paris étaient indépendants les uns des autres, ils commenceraient tous par la lettre A.

Un silence studieux et lourd s'installa : l'explication était insuffisante. Krems mordilla nerveusement l'ongle de son auriculaire droit et reprit :

— Alphabétiquement, H est entre G et I ; dès lors, la colonne G se trouve dans l'arrondissement mitoyen et précède la colonne H. Les lignes verticales ou horizontales d'un plan, comme d'une grille de mots croisés, ou d'un échiquier, à l'exception de la première et de la dernière, sont communes à deux lettres ou deux chiffres, puisqu'elles les séparent ! La ligne verticale où commence la colonne H est la même que celle où finit la colonne G que vous ne voyez pas. On vous montre une partie d'une carte de Paris qui commence à H et vous oubliez que le G partage avec la lettre qui le suit une ligne de départage.

— C'est juste, parfaitement juste ! bredouilla Déribois.

— Regardez maintenant cette ligne verticale commune à G et H : elle est coupée par une horizontale en un point…

Le ministre et le préfet, fébriles, suivaient du doigt sur le plan les indications de Krems. Déribois suivait le guide sur un autre plan, en compagnie de Lepintre et du divisionnaire. Le ministre commentait à voix haute ce qu'il voyait, les autres marmonnaient :

— Six au-dessus de l'horizontale, sept en dessous, la verticale gauche commune à la colonne H visible et G qui ne l'est pas ! L'étude de Quitray est sur la ligne commune à ces deux lettres, au point d'intersection de l'horizontale séparant les zones H6 et H7 ! Au millimètre, l'étude du commissaire-priseur !

Le préfet appuya sur une sonnette, un homme apparut dans l'instant.

— Boissons fraîches, café, petits-fours…

Le soulagement était général. L'assistance regardait Krems avec une admiration à peine contenue.

— Bravo monsieur, dit le ministre de l'Intérieur, bravo, la police aurait besoin d'hommes tels que vous !

— Je ne puis être le bon policier que d'un seul coupable !

L'ambiance se glaça.

— Je parlais de mon surmoi : je ne peux être un bon flic que pour moi-même ! Et encore…

Le préfet préféra ne pas en entendre davantage :

— Monsieur Krems, pensez-vous être en mesure de découvrir l'identité des coupables ?

— Je ne sais pas.

— Que pensez-vous de « 224 et 31 » et de cette plaisanterie, ce « *fils de mon père qui n'est pas mon frère !* ».

— Je vais y réfléchir, ces nombres ne m'inspirent pas. Il joue, il joue avec les limites ! C'est…

c'est, le mot me manque… lointain… nébuleux ! Nébuleux, oui… Quant à la devinette, elle est en rapport avec la problématique du miroir que cet original…

Le préfet intervint sévèrement :

— Vous voulez dire ce malade, ce détraqué, ce monstre, ce…

— Monsieur le préfet, accordez-moi, je vous prie, la capacité de savoir ce qu'il convient de penser de cet individu et dès lors celle de le qualifier sans votre aide !

— Je ne… Que vouliez-vous ajouter ?

— Rien qui ne concerne notre contrat. Je suis persuadé que dans les jours qui viennent, monsieur Sandrin va recevoir une lettre de l'affreux jojo ! Elle contiendra certainement une question qui vaudra quelques livres de chair. Il serait souhaitable que l'article du *Matin* de lundi rapporte l'énigme et sa solution…

— Solution trouvée par les services de Déribois, reprit le ministre.

— Absolument ! répondit Krems.

— Monsieur Krems…

— Monsieur le ministre…

— La totalité de vos honoraires sera versée en liquide sur votre compte bancaire, dès lundi.

— En espèces !… Je crains de comprendre, pas de trace du payeur, je ne suis pas suspecté, mais sait-on jamais ! Quelle histoire si j'étais celui qui tout à la fois guide la main qui découpe, manipule les policiers qui enquêtent et se fait payer par le préfet de police et le ministre de l'Intérieur pour remonter sa propre piste.

Le ministre, avec un sourire mi-figue mi-raisin, intervint :

— Qu'est-ce que cela change pour nous que l'autre et vous ne soyez qu'une seule et même personne, monsieur, puisque vous n'existez que virtuellement dans cette affaire. La vérité, notre institution l'énonce, elle n'est jamais que ce qu'elle doit être : une version ! Il est sans importance qu'en cela elle soit ou non conforme à ce qui a été ; notre référence est l'idéal, pas la réalité.

— Très russellien !

— Mais encore…

— Les propositions qui déterminent un ensemble en sont toujours elles-mêmes exclues ; ainsi le catalogue qui classe tous les livres d'une bibliothèque ne peut pas se classer lui-même ou, comme vous le dites si bien, s'il est un lieu d'où ne s'énonce que le vrai, le mensonge, dans toute sa vérité, y a sa place.

Le ministre afficha un air amusé particulièrement bien travaillé :

— Monsieur Krems, vous feriez un parfait coupable… Votre plan pour coincer ces diables ?

— Ce n'est pas mon boulot ! Je ne manquerai pas de contacter l'inspecteur Lepintre dans les jours qui viennent. Mon sentiment, et ça n'a rien d'une trouvaille, est que ces deux-là ont tout préparé de longue date, jusqu'aux moindres détails : reconnaissance des lieux, habitudes, etc. Chacune des victimes, soyez-en sûr, a sa fiche de police, si je puis dire.

— Je suis tout à fait de votre avis, dit Lepintre.

— J'ai aussi toutes les raisons de penser que ce type m'a choisi comme adversaire !

L'assemblée fut frappée de mutité. Le ministre retrouva le premier l'usage de la parole :

— Une explication, monsieur…

— La première lettre, assortie du corps cuisiné de Lebuc ; souvenez-vous, il y est question de Borce et de son polar dans lequel je suis décrit : Stamsky, le spécialiste de la logique floue. De plus, avec Borce, nous avons publié il y a quelques années un opuscule psychanalytique. Votre homme a très certainement fait le lien entre le personnage de Stamsky et moi, l'auteur de l'article sur la logique de la relation intersubjective. Un policier ne serait jamais remonté jusqu'à moi, mais un bon journaliste ne pouvait pas me manquer !

Lepintre, la bouche en cul-de-poule et les yeux clos, donna son assentiment en opinant du bonnet.

— Combien d'officiers ministériels sont encore inscrits au programme ? soupira le ministre.

Je profitai du silence qui suivit cette question pour interpeller Lepintre :

— Inspecteur, j'ai un article à rédiger. Comment se portent les victimes ? Quelles substances dans les perfusions ? Des éléments intéressants à me communiquer ?

— Leurs jours ne sont pas en danger. Dablaisse est tiré d'affaire, mais le choc psychologique qu'il a subi est énorme, il est sous sédatifs puissants. Les substances perfusées ont été à chaque fois les mêmes, très savamment dosées, des sérums lytiques, disent les spécialistes. Leur utilisation implique des connaissances précises en anesthésiologie. Ces substances ne sont utilisées qu'en milieu hospitalier. Deux d'entre elles sont introuvables en pharmacie de ville. Il faut bosser dans un hôpital pour pouvoir en disposer. Aucune des victimes n'a le moindre souvenir, aucune n'a souffert de ce qu'elle a subi. Reste le traumatisme, qui lui, vous l'imaginez, est terrible. Louise Simial a laissé, comme pour se moquer de nous, une montagne d'indices : empreintes, cheveux, minuscules bouts de peaux analysables et, moins conventionnel, deux pipis et une crotte ! Elle boit du thé de Formose et, cela va vous surprendre, elle est vraisemblablement végétarienne ! Nous sommes en mesure de la confondre si nous l'arrêtons, mais nous n'avons aucune piste. Nous savons aujourd'hui numériser des empreintes digitales et chercher des similitudes entre celles qui sont entrées dans nos bases de données et celles recueillies. Dans ce type de recherche, nous sommes moins performants avec les codes génétiques. Louise Simial n'est pas fichée.

Aucune affaire voisine dans les annales de la police. Aucun interné, homme ou femme, pour un motif psychiatrique analogue ; quelques histoires de mutilations, mais sans rapport. Nous avons enquêté sur trois paranos scotchés à des huissiers et fascinés par les scies égoïnes, les couteaux à découper et les hachoirs. Rien, tous sont bouclés en milieu fermé et ils sont si attaqués par les médocs, selon le collègue qui les a vus, qu'ils seraient capables d'émincer leurs propres guibolles ! De plus, ce sont des hommes.

Celui qui rédige les énigmes et qui vraisemblablement guide le bras de Simial ne peut ignorer que nous allons diffuser un portrait-robot de cette femme. À n'en pas douter, il s'en moque. Nous savons que Simial est très changeante, elle peut être blonde et sexy… En réalité, elle est rousse ! Bref, pas facile. Voilà où nous en sommes, ce n'est pas réjouissant : un meurtre, trois mutilés et la route est longue !

— Rien de plus ?

— Nous attendons le témoignage des deux dernières victimes et de la secrétaire de Quitray, mais je doute que nous tirions d'eux quelque chose que nous ne sachions déjà. En France, il n'est question que de cette affaire.

Une pluie fine tombait, le soir aussi.

Nous avions une heure devant nous pour nous rendre du parvis de Notre-Dame à la rue Quincampoix, lieu de notre rendez-vous. Krems avait les yeux rivés sur l'entrée de l'Hôtel-Dieu.

— Vous êtes bien sombre, lui dis-je.

— L'hôpital des pauvres. Enfant, avec ma mère, nous y avons rendu visite à une parente. J'ai le souvenir de la salle commune des femmes, de ce mouroir. Lorsque l'une d'entre elles agonisait, les infirmières glissaient un paravent autour de son lit afin que les autres ne la voient pas partir. Je l'ai vu faire, ou on me l'a raconté… je ne sais plus. Quelle importance ? J'ai souvent pensé à ces femmes au regard las, fascinées par cette chose, une sorte de miroir très sale, blanc pisseux, qui ne réfléchissait plus rien. Leur dernière vision était de ne plus s'y voir. Sans doute un petit mouvement du doigt qui s'éternisait au moment de tirer un trait sur la buée dense d'une vitre imaginaire, les malheureuses ne voyaient pas que les gouttes qui perlaient, que cette condensation n'était que dans leurs yeux, et leurs dernières larmes emportaient les poussières de toute une vie.

Je suis sûr que l'allégorie de la mort, ce squelette et sa grande faux, n'entre pas dans ce lieu, par peur des infirmières et de leur paravent. Pardonnez-moi pour cette réminiscence. Passons par la place de Grève, la tour Saint-Jacques, la rue Saint-Martin et le passage Molière : c'est le quartier de mon enfance.

— Krems, je me marre, vous disiez être sorti par l'entrée de la Sorbonne, vous pensiez avoir évité le piège du toboggan lacanien qui, côté rue Saint-Jacques, mène droit les jeunes diplômés en psychologie de l'université à la Préfecture de police. À cette heure, la plupart d'entre eux sont moins flics que vous !

Je riais de bon cœur.

— Vous pouvez rigoler de ma dégringolade, Sandrin, mais je vais vous faire une confidence : j'éprouve un grand soulagement !

— Non ?

— Être sorti de la Sorbonne par l'entrée me dérangeait et je ne savais pas pourquoi. Ma fille aînée, alors que je rentrais d'un poker à cinq heures du matin, m'a mis Faust sous le nez !

— C'est imprévisible !

— Totalement ! C'est alors que je suis tombé sur cette réplique de Méphistophélès : « *C'est une loi des diables et des revenants, qu'ils doivent sortir par où ils sont entrés. Le premier acte est libre en nous, nous sommes esclaves du second.* » Cette loi, je suis persuadé que je ne l'ignorais pas. Du coup, je me sens plus humain !

— Vous devez cette révélation à la petite ?

— À la grande, la petite c'est un peu Louise, sauf qu'elle ne fait pas les choses à moitié !

— Krems, tout à l'heure dans le bureau du préfet, vous disiez que cette devinette : « *c'est le fils de mon père et ce n'est pas mon frère* » est au cœur d'une histoire juive. Vous avez parlé d'un village où les ashkénazes avaient la réputation d'être les plus cons de Pologne, et puis vous avez été interrompu.

Krems essuya ses lunettes avec le revers de son imperméable :

— Ce psy qui vous écrit a de solides connaissances de « miroitier », pensez à sa première lettre : stade du miroir, relation spéculaire, la fable ovidienne, le narcissisme, donc la relation intersubjective, le fameux de vous à moi, et son juste retour. Je reviens à cette histoire qui d'après les vieux juifs de chez moi est intraduisible... Sachez que le yiddish est traditionnellement intraduisible et tout particulièrement en allemand, comme l'a dit un « psy-séf » que j'aime beaucoup.

— Un p'tit chef ?

— Aussi ! Depuis la mort de Lacan, les petits maîtres se sont multipliés. Un « psy-séf », c'est un psy séfarade ! Je reprends : donc, les ashkénazes de ce village de Pologne, meurtris d'entendre sans cesse l'expression : « con comme un juif de Potz » ! décident d'envoyer le plus éveillé d'entre eux prendre conseil d'un sage, le vieux rabbin Levy de Cracovie et si nécessaire, de lui acheter — ils se sont tous cotisés — la finesse d'esprit, l'intelligence. Le rabbi dit au phénix de Potz : « Il est possible que vous ayez l'intelligence, mais que vous ne le sachiez pas ! Je vais vous poser une devinette, si vous trouvez la bonne réponse, vous n'aurez pas à payer. » La devinette vous la connaissez. Le rabbin dit : que vous « ayez » l'intelligence, et pas que vous « soyez » intelligent ! Le verbe « avoir » est très important, il fait de l'intelligence une marchandise : si vous n'avez pas, vous pouvez acheter ! Alors que si vous n'êtes pas, c'est une autre histoire !

— En effet.

— Je poursuis. On s'en doute, l'envoyé de Potz ne trouve pas la réponse, mais il l'obtient en la payant avec l'argent collecté. Lorsqu'il rentre au village où il est très attendu, il pose à son tour l'énigme à tous ses concitoyens. Après plusieurs jours de réflexion, aucun n'ayant trouvé la réponse, très fier de lui, il la leur donne : « *c'est le fils de mon père et ce n'est pas mon frère : c'est le rabbin Levy !* ».

— Quel rapport entre cette historiette et le miroir ?

— On ne se reconnaît pas que devant les glaces, Sandrin. Nous répondons « présent » ou « c'est moi » lorsqu'on nous nomme… Vous sentez bien que dans sa première lettre, le psy joue à la perfection, de ce qui lie le mot et l'image. Pour deviner cet homme, il faut le comprendre… Cette histoire se joue dans le miroir des mots, il s'agit somme toute d'un énoncé dont l'énonciateur ne se saisit pas lui-même comme sujet de ce qu'il énonce. Il ne doute pas que c'est lui qui parle, ce qui entre nous est déjà une erreur puisqu'il ne fait que rapporter des paroles qui ne sont pas les siennes.

En place de son « moi » il trouve l'autre, la référence : Levy. Que peut-il trouver d'autre, cet âne, dès lors qu'il est persuadé d'être reparti de Cracovie avec la marchandise payée rubis sur ongle : l'intelligence ! Les miroirs, lorsque nous les interrogeons, nous interrogent, juste retour, autrement dit, ils nous retournent nos questions. L'adepte de l'auto-analyse et de l'introspection vit ce phénomène réflexif sans jamais le dépasser. Il questionne sa conscience en place d'objet : miroir, miroir, suis-je le plus con ? Et sa propre image idéalisée de répondre : non ! Tu es bien plus con que moi ! Ce monodialogue serait impossible si la conscience ne cachait rien !

— On peut tout de même se poser des questions ?

— Je voulais vous dire qu'il n'y a pas pire endroit pour le faire que devant une glace, et le miroir des mots en fait aussi office.

La pluie se faisait dense. Krems me raconta qu'enfant, il faisait du patin à roulettes à l'endroit même où se dresse aujourd'hui le centre Georges-Pompidou.

Rue Saint-Martin, puis ce coupe-gorge, le passage Molière, avec ses pavés concaves, qui mène rue Quincampoix. Krems me montra du doigt le renfoncement où, paraît-il, le Bossu se tenait, le vrai, celui de Féval et il ajouta :

— Ici, quand j'étais môme, se tenait une vieille pute sèche comme un coup de trique, elle avait bien soixante-quinze balais ! Elle avait une grosse clientèle de jeunots, elle débandait pas, tout le monde dans le quartier disait qu'elle avait un « spécial ». Quelle énigme, ce spécial ; j'étais bien trop jeune pour me payer la réponse… Je n'y avais pas pensé, la devinette : *c'est le fils de ma mère et ce n'est pas mon frère !* Ça marche, évidemment. Tandis que « *c'est la fille* » pose problème si c'est vous qui le dites ! Je déraille complètement. Je me demande…

— Quoi donc ?

— L'énigme posée à Œdipe par le Sphinx… la Sphinx… depuis que je sais qu'elle était une femelle, je tiens au féminin. Je ne la trouve pas très intéressante, elle est « cucul la praline »…

— C'est bien : *quel est l'animal qui a quatre pieds au matin, deux à midi et trois le soir ?*

— Ouais, mais je suis tombé sur une formulation différente dans le livre d'un professeur de Rhétorique du siècle dernier : *quel est l'être qui a quatre pieds, deux pieds, trois pieds, et une seule voix ?*

Dans la langue d'Œdipe, « voix » n'a pas l'homonyme « voie »... Est-ce que cela rend la devinette moins piégeante ? Vous ne trouvez pas celle de Levy de Cracovie autrement plus subtile ? Sandrin, la Sphinx d'Œdipe n'avait évidemment pas la réponse à sa question !

— Que faut-il en penser ?

— Rien de plus que si nous étions de Potz !

*

Le Bossu était un restaurant bien nommé, installé au pied d'un vieil immeuble ressemblant à un géant ventru, tassé par le temps.

Les patrons étaient maladivement attachés à la qualité de l'accueil. Il ne faisait aucun doute qu'ils avaient travaillé à fond la question de l'amabilité et qu'ils s'en tenaient à un protocole rigoureux, un rituel appris par cœur qui ne laissait aucune place à l'improvisation. À la porte, ils déversaient sur les clients des périphrases emphatiques, des paroles vides. La présentation des plats, la décoration, leur tenue : ces deux-là tenaient l'enveloppe des choses pour essentielle. Chacun ici était l'asexué « client-roi », celui qui a toujours raison.

Pierre était accompagné de sa femme, une innocente qui le regardait sans cesse. De sa bouche en permanence entrouverte, sortait le bout extraordinairement mobile de sa langue.

Mon grand et mon petit patron semblaient fascinés par cet objet : moi aussi. Je fis les présentations : Julien Krems, Pierre Grabbart, rédacteur en chef du *Matin*, et madame, Gérard Lhilienthall, président du groupe de presse. « Line, mon épouse », ajouta-t-il en fixant amoureusement une jolie bourgeoise à l'air canaille. Je repris : Louis Hertuys, directeur général du groupe. Une femme très masculine se présenta : « Albertine Seygle-Poitier, je suis la sœur de Line ».

Pierre était très impatient de satisfaire la curiosité de la belle assemblée.

— Alors, Sandrin, cette réunion avec le ministre et le préfet ?

Je demandai à Krems :

— Je peux ?

— Je suis très impatient !

Je contai la réunion dans le moindre détail, en précisant bien l'importance qu'il y avait à taire le nom de Krems et à laisser au ministre de l'Intérieur, à ses services, le bénéfice de la résolution de l'énigme. Je ne manquai pas de faire courir un délicieux frisson dans le dos de mes auditeurs en leur faisant part des soupçons dont Krems avait été et était encore l'objet.

Il y eut un moment de silence. Krems, plongé dans la carte, s'écria :

— Du pied de veau en gelée ! Il y a si longtemps !

Pierre regarda Krems les yeux écarquillés :

— Il y a si longtemps que ça ?

— Quelques jours ! Une spécialité de ma mère, vous n'imaginez pas !

Chacun sembla jouir sournoisement… Une inspiration profonde, les poitrines des femmes se gonflèrent au même moment : un incube passait.

Le petit bout de langue rose de la femme de Pierre s'était figé. Il pendouillait.

Pierre déclama :

— La devinette a été devinée, tardivement, mais devinée tout de même et la solution est tricolore ! Ce retard a coûté quelques morceaux de choix, mais que pèse cette bidoche si on la met en balance avec ce génie français qui va éclabousser le monde ?

J'eus un mouvement de surprise, Pierre était déchaîné :

— La ferme, Olivier ! — Je n'avais rien dit. — Je sais que je schlingue l'extrême gauche bien-pensante ! Le préfet va soutenir mordicus que cette énigme était particulièrement biscornue et qu'il était impossible de la résoudre sans connaître les adresses des victimes, lesquelles adresses, bien évidemment, ne pouvaient être connues qu'une fois les crimes perpétrés.

— Est-ce votre avis, monsieur Krems ? demanda Lhilienthall.

— Une mauvaise solution peut donner un bon résultat. En général, les profs de maths en déduisent que vous avez pompé la copie du voisin ! Dans l'histoire qui nous occupe, le résultat n'est pas caché, quoique soustrait !

— C'est arithmétique, somme toute ?

Krems, les mains jointes, hypnotisé par la petite langue de la mère Grabbart, rêvassait.

Albertine devait se prendre pour George Sand. L'air hautain, un peu jules, elle intervint :

— Tout se passe comme si ce fou et vous parliez le même idiome !

Krems prit un peu de temps avant de répondre.

— Pour parler le même idiome, il faut être de la même banlieue !

— Tout de même : ce criminel et vous organisez presque à l'identique vos idées…

— Ah ! C'est différent ! Vous voulez dire qu'il y a entre lui et moi une proximité, un même comportement langagier et que vous trouvez ça troublant… Moi aussi !

Krems était amusé, il soupira comme à regret lorsque la petite langue de sa voisine se rétracta comme un escargot à qui l'on chatouille les cornes.

— Que pensez-vous des lettres adressées à Sandrin ? demanda Pierre.

— Brillantes, poétiques, bien écrites.

— Et de leur auteur ?

— Il est fou !

— Un paranoïaque, dit Hertuys.

— Non ! pas du tout, s'insurgea Krems.

— Un psychotique ?

— Plutôt un pervers… polymorphe, avec beaucoup de cœur !

Le silence se fit : Krems fixait avec envie le pied de veau dans son assiette. J'étais écœuré par cette gelée translucide, identique à l'ambre jaune dans laquelle les yeux gourmands de Lebuc s'étaient fossilisés.

— Monsieur Krems, reprit Hertuys, qu'est-ce qui vous fait dire que ce personnage diabolique est un pervers polymorphe avec beaucoup de cœur ?

Krems prit le temps d'avaler.

— Cette proximité idiosyncrasique évoquée par madame, cette disposition quasi empathique que j'ai dès qu'il est question de ce diable d'homme… Comme on dit : même sensibilité, même symptôme !

— Vous êtes un diable ?

— Ni plus ni moins que chacun de vous ! Je suis un pervers polymorphe…

J'ajoutai pour détendre l'atmosphère :

— Au grand cœur !

— Absolument !

Krems tenait parfaitement son rôle de pervers. Il procurait à l'assemblée une bonne dose de sensations et s'amusait bien. La langue de la femme de Pierre était un fantastique baromètre : elle s'allongeait ou se rétractait suivant sa charge émotionnelle. À la stupéfaction générale, elle émit soudainement une sorte de lallation très érotique, difficile à interpréter. Krems avait bien compris le message, il s'agissait d'une question.

— Non, madame, je n'aime pas faire du mal ! Mes perversions sont sexuelles, mais je ne suis pas un sadique !

— Masochiste ?

Ce mot au sortir de sa bouche était roulé, mouillé, trempé de salive. Sa langue humide avait atteint son élongation maximale, elle pendait. Je n'avais que des mauvaises pensées.

— J'ai dit aucune cruauté ! Y compris celle que l'on retourne vers soi !

Lhilienthall pouffait et sa femme semblait très émoustillée.

Elle regardait Krems intensément :

— Vos perversions sont sexuelles, disiez-vous.

— Uniquement !

— Avez-vous un exemple à nous donner ?

À l'évidence, elle ne le voulait pas pour elle seule. Krems prit un air grave.

— Vous ne le répéterez à personne, j'espère... Je collectionne les petits-bateaux des vieilles filles du bord de mer ! Je suis gérontophile, limite nécro...

Elle sembla très déçue.

— Est-ce très pervers ?

— Je ne sais pas ce qu'il vous faut ! Il n'y a pas pire, les timbres-poste mis à part !

— Je ne suis pas étonnée, déclara Albertine, qui devait concocter sa question fielleuse depuis plus d'un quart d'heure : vous semblez si doux, si féminin, je me demandais : n'avez-vous jamais rêvé d'être une femme ?

Krems chercha les yeux insaisissables d'Albertine, ils étaient rivés à une insignifiance d'angle clouée au mur, qui devait être de l'art conceptuel.

— Et vous, Albertine ?

— Moi quoi ? répondit-elle sèchement.

— N'avez-vous jamais rêvé d'être une femme ?

Seygle-Poitier, assommée, fixa Krems. Un silence de mort régnait à la table. Le bel organe barométrique de Mme Grabbart s'était brusquement rétracté et je me posais la question de savoir si son instrument rendait compte de ce qu'elle comprenait, ou si plus simplement, il indiquait ce qu'elle ressentait de l'ambiance générale, dans l'instant plutôt désastreuse.

Le regard de Krems sur Albertine, toujours sous le choc, était doux. Il reprit :

— Est-il une chose, touchant à la femme, à son être comme à sa jouissance, qui ne renvoie pas à l'infinitude, autrement dit au fondement même du langage ? Votre question, Albertine, est tout un poème, tout autant que la réponse que vous y avez apportée.

Albertine sortit de son hébétement, étrangement adoucie, calme :

— Moi ? Mais je n'ai pas répondu…

— Mais si ! Ce que vous êtes répond !

— Que voulez-vous dire ?

— En renonçant ! En renonçant en premier lieu à courir comme toutes les idiotes après ce que fabriquent ces couturiers qui, à l'entrée de chaque saison, nous annoncent comment la femme sera ce coup-ci ! Peut-on mieux dire qu'elle n'est, pour ces créateurs de nippes, qu'un objet à compléter éternellement ?

— Vous avez dit en premier lieu… et en second lieu ?

— Je vous prie, Albertine, de me faire l'amitié de ne pas prendre ma question pour une provocation… Ne trouvez-vous pas qu'au-delà de la simple image sonore, quelque chose dans le lointain se noue au néologisme « infinitiste » ? Moi j'entends : « infiniment triste », « féministe... féminité » !

Albertine regarda Krems tendrement et ne pipa mot.

Pierre était préoccupé. Toute la question de son rapport à la féminité étant à sa droite, condensé dans le petit défaut de langue de sa femme. L'échange qui venait de prendre fin ne l'intéressait pas. Il était dans ses chiffres.

— Monsieur Krems, dit-il, que penseriez-vous d'un contrat d'exclusivité avec *Le Matin* ?

— Je viens de signer un contrat moral avec un ministre et un préfet... Je n'existe pas !

— Vos analyses existent !

— Il n'est pas certain que je trouve la solution de la prochaine énigme !

— Vous pensez que Sandrin va en recevoir une autre prochainement ?

— Je le crois.

Pierre m'interpella :

— Olivier, lundi nous publions l'énigme et sa solution... Solution trouvée par les services du ministère de l'Intérieur, si j'ai bien suivi.

— Tout juste !

— Krems est inconnu au bataillon ?

— Krems n'existe pas, dit Lhilienthall. Vous m'entendez bien, Pierre : il n'existe pas ! Le ministre en personne m'a appelé aujourd'hui et je me suis personnellement engagé.

— Il a déjà été question de lui dans le journal, lança Pierre à la cantonade.

— Jamais nommément, dis-je.

— Alors, monsieur le rédacteur en chef, toujours prêt à signer un contrat d'exclusivité avec moi ? demanda Krems.

— Non ! La prochaine énigme, vous pensez qu'elle est pour bientôt ?

— Voulez-vous que je la rédige immédiatement ?

L'hilarité était générale.

— Écoutez les gens à côté, murmura Hertuys, penché à l'extrême au-dessus de notre table, ils ne parlent que de ça : toutes les chaînes de télévision, les radios, les journaux, c'est une folie cette affaire ! On va faire un malheur !

Pierre parlait tout seul, les yeux dans le vague.

— Monsieur Krems, dit Lhilienthall, auriez-vous une idée du thème de la prochaine lettre de ce fou ?

— Un pari ?

— Que proposez-vous ?

Krems jubilait.

— Voilà bien qui vaut une cote, monsieur Lhilienthall. Disons cent contre un et je mise mille francs, jouez-vous ?

— Je n'ai rien à gagner et tout à perdre !

— Mille francs, ce n'est pas rien !

— Me livreriez-vous ce thème sans jouer d'argent ?

— Que jouerions-nous alors ?

— Rien ! Comme ça, pour jouer, tout simplement.

Les yeux de Krems étaient amusés, ils plongeaient au plus profond de ceux de son interlocuteur.

— Pour rien ! Voilà donc nos mises : rien ! Des prunes ou des queues de cerises ; au final il y aura cependant un gagnant et un perdant !

— Mais rien à payer !

— Vous croyez ça ! Vous croyez que sous prétexte qu'il n'y a pas de fric à sortir, on joue pour rien ? Combien de fois vous est-il arrivé, enfant, lorsque vous jouiez, de donner des coups ou d'en prendre pour un pareil enjeu ? Et vous, Lhilienthall, qui êtes à la tête d'un empire, vous me proposez de miser l'irreprésentable objet de votre enfance… Rien !

— Comme vous formulez les choses ! Quelle est la nature de ce « rien » ?

— On ne peut jouer que sur les versants des avoirs ou de l'être… de l'argent, un objet, ou une image de soi, du narcissisme !

— Et un enjeu non chiffrable, immatériel ?

Krems prit un air effaré :

— Le versant de « l'être » alors ? Je trouve ça dégoûtant !

Lhilienthall était songeur. Sa femme piaillait et l'incitait à parier. Albertine sortit de son mutisme :

— Acceptez-vous des paris partiels, monsieur Krems ? Cent francs pour moi, mais à cinquante contre un !

— J'accepte.

— Cinquante contre un, je joue deux cents, s'écria Hertuys. Moi aussi, dit Line, cent balles ! Cent francs également, dit Pierre qui, repérant des indices d'énervement dans le bel organe rose de sa femme, ajouta : cent francs pour nous deux !

Tous les regards étaient tournés vers Lhilienthall, qui faisait durer le plaisir.

— Soit, Krems ; une fraction de mon empire : deux mille francs à cinquante contre un !

— Je prends tous les paris, dit Krems radieux, en ajoutant : qui veut jouer dans ma main contre Lhilienthall ?

— Ce qui signifie ? demanda Hertuys.

— Vous misez cent francs avec moi, que vous perdez si je me trompe. Par contre, dans le cas contraire, vous palpez cinquante fois votre enjeu !

— Deux cents francs avec vous, s'exclama Albertine.

— Cinq cents, chanta Line ; Pierre et le petit patron déclinèrent la proposition.

— Tu ne veux pas jouer, tu es sûr ? glouglouta la femme de Pierre.

Un regard désapprobateur paralysa instantanément son petit organe saumoné.

Krems m'interpella :

— Trois cents balles dans ma main, Sandrin ?

J'acceptai.

— Krems, il s'agit que vous trouviez plus qu'un simple mot, plus qu'une petite idée. Il vous faut découvrir le thème qui sera développé dans la lettre qui commentera le double crime d'aujourd'hui. Nous sommes bien d'accord, dit Lhilienthall.

— Absolument, répondit Krems. D'ailleurs, vous serez seul juge : si vous estimez que je suis trop loin du thème commentant le massacre d'aujourd'hui, je ne discuterai pas votre avis. C'est vous et vous seul qui déciderez si j'ai gagné à 100 %, à 50, à 20, ou si j'ai perdu.

L'assentiment fut général.

— Les jeux sont faits, dit Lhilienthall en accompagnant son propos d'un théâtral coup de cuillère à café sur la table, à la façon d'un commissaire-priseur. Soudain, il se figea, le menton dans sa coupe glacée et bredouilla : ce qui vient de se passer, ces paris, il est préférable que ça reste entre nous... Pas de blague Sandrin, je ne veux pas de compte rendu de cette soirée dans mon journal !

Les têtes s'étaient tournées vers Krems : tous attendaient le thème qui faisait l'objet du pari.

— Vous me laissez le temps de siroter mon café ? demanda Krems.

Il obtint un délai.

Les conversations suivaient des aiguillages complexes, chacun répondait à la place de l'autre ; Albertine était muette, Krems aussi. Le silence tomba comme le bruit de mille vies s'interrompt dans la campagne, dans ce temps mort qui succède au jour et précède la nuit. Krems regardait Albertine, le coude sur la table, le menton dans la main, l'index tendu à l'extrême transformant son nez busqué en nez en trompette. Krems se décida :

— Le thème abordé par le psychiatre démoniaque dans la lettre qui commentera les horreurs perpétrées aujourd'hui sera... sera... (Krems fit durer le plaisir.) L'androgyne platonicien !

Les joues d'Albertine s'empourprèrent.

La femme de Pierre demanda :

— C'est quoi, l'androgyne platonicien ?

— Un être sans sexe, ma chérie.

— Plutôt avec les deux ! rectifia Hertuys.

— Certains avaient le même en double, ajouta Albertine.

Le petit bout de langue avait été aspiré. Restait une bouche charnue, en cœur. Je voulais voir pendouiller l'objet de ma fascination. Je croisai le regard amusé de Krems. J'étais sûr qu'il lisait dans mes pensées, je n'aurais pas joué le moindre picaillon contre lui… ni avec. Je restai un temps scotché à cette pensée : « ni avec ». Avait-elle un sens ? Mal à l'aise, je songeai à Rose… Que savait-elle des mots, Rose ? Morose… je m'étais entendu. Je fixai Krems. M'avait suivi jusque dans ce sentier perdu ? Il me sourit affectueusement.

La soirée avait été délicieuse, tous étaient joyeux et canailles. Albertine serra la main de Krems en dernier ; son geste s'éternisa, elle lui murmura quelque chose à l'oreille et lâcha prise après qu'il eût répondu : il le faudra, nous sommes en compte ! Je demandai à Krems ce qu'il faisait et si je pouvais faire quelques pas avec lui.

— Vingt-trois heures trente… je vais aller jouer ! Venez avec moi à l'Haussmann, j'aime ce cercle, je n'y ai que des amis, je vous y offre un verre !

Cette proposition m'enchanta. Mon article pour le journal du lundi devait être faxé le lendemain avant quinze heures : j'avais matière et j'étais très inspiré.

*

La pluie avait redoublé de violence. Les pavés restituaient en une fine vapeur le peu de chaleur qu'ils avaient accumulé durant le jour. À cette heure avancée de la nuit, la rue Quincampoix semblait hors du temps.

— Lorsque les halles étaient encore à Paris, me dit Krems, vous n'imaginez pas l'animation qui régnait ici. J'ai habité longtemps cet immeuble, au coin de la rue Rambuteau. Il me montra un coin de trottoir où il avait joué aux billes et soupira : on ne voit plus d'enfant s'amuser dans les rues de Paris… Mon paternel avait une 4 CV décapotable. À l'époque, les bagnoles avaient des formes : les capots, les ailes avaient des rondeurs. Il accompagna ses paroles d'une caresse dans le vide.

Il me demanda :

— Que fait Seygle-Poitier dans la vie, historienne, littéraire ?

Je fis mine d'être surpris :

— Les deux ! Vous ne devinerez pas sa spécialité ?

— L'Espagne du VIIe au XIVe siècle ?

— Non ! vous blaguez ? Elle vous l'a dit ?

— J'ai fait mouche ?

— Vous vous moquez de moi, Krems.

— Pas du tout ! J'ai dit ça au hasard.

— Vous ne croyez pas au hasard !

— Vous avez raison, mais depuis Pascal, ne pas croire n'empêche pas de pratiquer ! Il est beau, ce petit bistrot… Un cognac vous tente ?

— Un Martell ?

— Chapeau, Sandrin… chapeau ! Allez jusqu'au bout de votre pensée !

— Albertine Seygle-Poitier : pain de seigle, blé, blé noir, sarrasin, Poitiers, Charles Martel et Albertine… Entre nous, Krems, vous pensez sérieusement qu'un patronyme peut déterminer un être jusque dans ses choix professionnels ?

— Vous me posez une devinette : le boulot d'Albertine ? Ne sachant rien d'elle hormis son nom et son prénom, à quoi m'accrocher ? Que pouvais-je vous répondre d'autre ! J'ai visé juste ? C'est une chance, mais sachez que je n'aurais pas misé un kopeck là-dessus !

— Soit ! Mais du VIIe au XIVe siècle… N'est-ce pas trop !

— « Sarrazin », le nom donné au Moyen Âge par les Occidentaux aux Musulmans, vous l'avez trouvé ! Et avant Mahomet, début du VIIe siècle, il n'y avait pas de Sarrasin ! Et le quatorzième siècle doit coïncider, mais je n'en suis plus sûr, avec leur refoulement d'Espagne.

— Et pourquoi l'Espagne ?

— Quitte à m'engager comme je l'ai fait sur la voie du signifiant « Sarrasin », produisant un effet inconscient massif et surdéterminant notre amie, autant jouer le numéro plein et chercher l'extension géographique maximale au refoulement des Sarrasins. Et plus au sud que l'Espagne, pour un Occidental, c'est plus que refouler, c'est envahir !

— Krems… vous êtes cinglé !

— Sandrin, les associations pour en arriver à « Sarrasin » sont de vous, pas de moi ! Alors, ce Martell, Charles ?

— Satan !

— Comme tous les poètes : ni plus, ni moins. Vous vous êtes payé ma tête n'est-ce pas, Albertine n'est pas historienne ?

— Ouais, vous avez bien marché !

— Son métier ?

— Je ne vous le dirai pas !

— Sandrin… Vous avez en tête de me faire tourner en bourrique ?

— Elle dirige une société d'import de fruits secs !

— Des figues, des dattes ?

— Gagné !

— Je laisse tomber le poker… Venez prendre un verre chez moi !

— Un coup de fatigue, Krems, je vais rentrer dormir. Prenons le même taxi, je vous dépose. Tout de même, l'androgyne platonicien, comment une idée pareille a-t-elle pu vous venir à l'esprit ?

— Croyez-moi Sandrin, les chances de tomber juste sont bien plus grandes qu'avec la spécialité d'Albertine : cinquante contre un, quelle cote ! J'aurais pris les paris à dix contre un !

— Krems, on casse la graine tous les deux lundi midi, à côté du journal ?

— Ça roule.

— Elle est folle de vous, Albertine !

Krems fit la moue ; il avait l'air méfiant d'un esquimau examinant la glace avant de s'engager.

— Sandrin, je n'ai jamais séduit que des hystériques.

— Et si elle ne l'était pas ?

— Quelle horreur ! Être privé du plus coloré des symptômes. Coucheriez-vous avec une philatéliste ? Caca, Sandrin, caca ! Mais il n'y a aucun doute : les joues d'Albertine s'empourprent, son regard se baisse dès qu'elle est envahie par une mauvaise pensée, et sa question à propos de ma féminité, sa sensibilité auditive… Elle est hystéro mon vieux, et diablement !

Le taxi stoppa.

— Vous montez, Sandrin ?

— Non, un sérieux coup de fatigue. À lundi midi.

*

Le dernier dimanche de septembre avait été calme, il trônait sur les jours passés, — hier — c'était lui, me dis-je en arrachant la feuille du bloc éphéméride. Huit heures, la machine à café était assaillie, et au bruit que faisaient les pièces qui chutaient dans la fente, on entendait que la caisse était vide. J'avais entre les mains le journal du jour, mon article faisait la une. J'attendais du nouveau, je désirais un événement répugnant et cela me fit honte. Pierre m'interpella sans même me dire bonjour. Les problèmes de tirage l'occupaient sans cesse et faisaient de lui un être hors du temps.

— Six millions d'exemplaires, j'ai lancé un tirage à six millions ! Ton papier est très bon, félicitations… Est-ce que tout va se vendre ? J'espère qu'on va pas boire le bouillon.

Il disparut dans le couloir, je l'entendis s'exclamer : « six millions ! Douze fois le tirage d'un lundi ordinaire ! ». Nous étions les seuls à publier l'énigme et sa solution dont le mérite, comme convenu, était attribué à un service spécialisé du ministère de l'Intérieur. Krems n'existait pas dans mon article, sauf pour qui savait lire entre les lignes. L'affaire faisait la une de tous les quotidiens. Les énumérations, les détails répugnants, étrangement, ne me répugnaient pas. Tous les noms des diables y étaient, la démonomanie avait gagné les esprits de tous les rédacteurs.

Je pensais à Krems et à son pari, à l'androgyne platonicien, à cette lettre d'un fou que j'admirais secrètement. Trois cents par cinquante : quinze mille francs à gagner… Je m'en voulais de compter sur ce fric, mais rien n'y faisait, comme un refrain dont on ne peut se défaire, la même idée m'obsédait. J'étais à sec, j'entendais rouler les dés lancés de l'enfer.

Lepintre, traqué par les journalistes, était sur toutes les chaînes de télé. Les derniers commentaires assuraient : « Ils sont deux, l'un écrit et guide la main de l'autre, la monstresse qui tue et qui mutile sans état d'âme… ». La Goule était une sainte en comparaison de Louise. Quant à moi, au septième ciel, j'étais l'élu de l'ange déchu.

Pierre me gardait. Véritable cerbère, il faisait barrage à toutes les stations qui voulaient une interview. J'étais allé chercher dans *Le Banquet* de Platon des renseignements sur l'androgyne. Il y était question d'êtres composés de deux corps réunis en un seul : l'un masculin, l'autre féminin, coupés en deux par Zeus, *comme des soles*. Après leur séparation, subsista, semblable à une douleur que rien ne pouvait adoucir, l'attraction amoureuse réciproque des deux parties qui composaient originellement cette chose.

Lorsque j'en parlai à Krems, il chantonna en imitant le fou chantant :

« *Grains de sables brassés par le vent et la marée, lorsque chacun croyait avoir trouvé son complément au hasard d'une bourrasque ou d'un ressac, il découvrait après coup que l'autre n'était pas le bon, mais aucun ne renonçait à l'aporie d'être à sa moitié ce que sa moitié n'était pas pour lui. Souvent, la désunion vient de ce que le temps des deux n'est pas le même pour comprendre qu'il n'a été qu'un leurre pour l'autre.* »

D'heure en heure, l'état des mutilés s'améliorait. Je me demandais où se trouvait la limite supérieure de ce « mieux en mieux » vers lequel les victimes tendaient. Dablaisse était en avance, suivaient les deux autres. Ils étaient trois points faisant la course, ils suivaient la même trajectoire, une courbe dont une droite asymptote, à l'infini, à la fin des temps, était l'aboutissement. La secrétaire de Quitray était sortie de son coma. Mais que pouvait-elle avoir de bien intéressant à raconter ?

La sonnerie du téléphone me sortit de ma rêverie :

— Lepintre. Du nouveau ?

— Non. Et de votre côté ?

— Je suis à l'hôpital. J'ai interrogé Quitray et son assistante ; physiquement elle va bien, mais psychologiquement, c'est autre chose, elle est dans un état… Elle a le regard fixe. Le commissaire-priseur est assommé de sédatifs, il parle sans intonation dans la voix, quasi machinalement. Il a été piégé de la même façon que Dablaisse : Simial, adorable petit ange, l'a titillé au café du coin. Un livre d'art du XVIIIe à la main, elle guettait le moment où le bonhomme allait la brancher et elle n'a pas eu beaucoup à attendre. Très émoustillée, elle exprima sa joie d'être en compagnie d'un expert en art… Elle lui expliqua qu'elle avait une toile ancienne dont la signature n'était plus lisible, tout en le chauffant à blanc. Il lui donna sa carte et elle prit rendez-vous sur-le-champ, pour le surlendemain. Quitray ne tenait pas cette rencontre pour professionnelle, c'est la raison pour laquelle il n'y en avait pas trace dans son agenda. La secrétaire, en bonne gestionnaire de sa garçonnière, n'avait pas été surprise de l'arrivée inopinée d'une jolie femme. Vous connaissez la suite… la routine ! Louise entre dans le bureau de Quitray avec sous le bras un cadre ficelé dans du papier journal, elle renverse son sac à main dont le contenu se répand sur le tapis, et le commissaire-priseur se baisse pour ramasser. Il ressent une douleur diffuse au niveau de la carotide et sombre dans un profond sommeil. Simial retourne tranquillement voir la secrétaire, passe derrière elle, se penche à son oreille et lui murmure « avez-vous... » en même temps qu'elle lui relève le menton et lui bloque la tête du même geste... Douleur au cou, et dodo. Louise ferme la porte à double tour après avoir récupéré sur le palier une cale, un vérin et deux planches courtes et épaisses avec lesquels elle bloque l'entrée. Quelqu'un peut avoir la clé... On n'est jamais trop prudent ! Après quoi, elle opère. Ah ! Un détail croustillant, elle a affiché un petit panneau sur la porte d'entrée : *réouverture des bureaux à 15 h.* Enfin, elle a répondu au téléphone tandis qu'elle opérait : « une expertise urgente à la suite d'un acte de vandalisme » ! Et figurez-vous qu'elle a même moralisé avec son correspondant, un antiquaire. Il fut question de ces voyous qui ne respectent rien ! Quoi d'autre ? Clortier et Quitray sont très proches depuis des années, ils ont beaucoup d'affaires en commun. Clortier ne se souvient de rien, elle entrait la clef dans la serrure de son étude quand elle a été saisie par les cheveux et plaquée contre la porte sur toute sa hauteur. Une douleur au moment de l'injection, et le trou noir. Elle n'a pas vu son agresseur, pas même le bout de son nez. Quant à Dablaisse, il en sait moins sur la fille qui l'a massacré que son clerc… Ce qui revient le plus souvent, c'est la force incroyable et la vivacité de cette fille ! J'ai lu votre article dans *Le Matin*, il est très bon, un tantinet subversif, peut-être ? Mais on ne se refait pas, n'est-ce pas ?

— Que voulez-vous dire, inspecteur ?

— Vous ne manquez pas d'humour… Je pense que vous avez deviné que j'ai lu votre curriculum vitae, établi par un service spécialisé du ministère de l'Intérieur : anarchiste puis extrême gauche « spontex », vous avez fait fort ! Aujourd'hui, gauche modérée : quel parcours, quelle dégringolade ! Vous finirez rédacteur en chef de la revue des adventistes du jour dernier !

J'étais sidéré :

— Lepintre, vous êtes né en uniforme, sage et rangé, au point que l'idée du bien et du mal est chez vous antérieure à toute expérience familiale ou religieuse !

À l'autre bout du fil, le flic rit de bon cœur.

— C'est tout moi, Sandrin, à une nuance près : je me suis refusé tant de choses, que j'ai autant de souvenirs que de regrets !

Je restai un moment sans voix. J'étais si ému que je sentis poindre une larme :

— Krems vient déjeuner avec moi à midi, nous avons rendez-vous ici, au journal… Voulez-vous nous rejoindre ?

— Je doute qu'il raffole de ma présence…

— À mon avis, vous vous méprenez. Je suis

persuadé que vous lui êtes sympathique, j'en mettrais ma main à couper !

— Et le bras aussi ?

— Lepintre, qu'est-ce qui vous arrive ? Vous perdez les pédales ?

— Je serai là à midi.

Je retrouvai Krems et Lepintre dans le hall. L'inspecteur l'avait entrepris. Le psy écoutait, opinant du bonnet, les mains derrière le dos. La tête enfumée par sa propre cigarette, il ressemblait à un personnage de B.D. dont le cerveau surchauffait.

— Trouvez-nous un très bon restaurant, me dit Krems, d'excellente humeur. Je vous invite aux frais du contribuable !

— Pas l'ombre d'une piste, pesta Lepintre, zéro ! Et j'attends dans l'angoisse la livraison de ce que Simial a confisqué à ses deux dernières victimes… Nous n'avons trouvé aucune affaire qui soit commune à ces quatre officiers ministériels. Un commissaire-priseur, c'est inattendu, nos deux prédateurs semblaient si spécialisés ! Nous cherchons du côté de Clortier et Quitray, qui travaillent main dans la main… Foutue expression ! Je dois faire très attention, un jour je vais sortir la même connerie en direct, devant une caméra de télévision.

Le temps était maussade. Je n'aimais pas le lundi, beaucoup de magasins étaient fermés, le quartier était mort.

— Où allons-nous déjeuner ? me demanda Lepintre.

— Je vous propose le Cul de la Vieille.

Ce nom produisait immanquablement de l'effet. Krems et Lepintre ne firent pas exception. Ils tressaillirent.

— C'est le nom d'un petit restaurant tenu par une sorte d'hippopotame légèrement timbré, un mec très sympathique. Il a créé cette affaire dans les années cinquante, il a pas loin de quatre-vingts balais.

Nous étions à peine installés que Gaston déboula. Il ressemblait à Gabin :

— Bonjour les enfants. Mon seul problème avec les filles, c'est les genoux ! Ils me font souffrir !

Il nous raconta sa vie en trois coups de cuillère à pot. Il aimait répéter : « Ah ! Si vous aviez connu, si vous saviez ! ». Suivaient de longs soupirs. Krems, qui lorgnait par-dessus la carte des vins, lui lança négligemment :

— Elles étaient belles les parties de poker, sous l'Occupation ?

Lepintre et moi étions assommés par la question.

Gaston fixa Krems longuement, l'air canaille. La sonorité de sa voix chuta brutalement et il chuchota :

— Vous… vous savez ?

— C'est écrit !

— Quelle époque, mais quelle époque ! Des gogos bourrés de « fraîche », l'argent du marché noir ! Ils jouaient large, j'ai fait un pognon… Le dimanche soir, il y avait une partie d'Auvergnats, à deux pas de la gare d'Austerlitz… Imaginez un ciel noir de palombes ! Non ! des petits poulets de grain se battant pour se faire plumer le fion, ou plutôt des dindes impatientes de voir arriver Noël : des parties orgiaques, j'en rêve encore ! Monsieur... messieurs, vous êtes mes invités, je vous offre un banquet !

Je demandai à Gaston, qui s'éloignait de la table en clopinant :

— Mais pourquoi ?

Gaston se retourna, me fixa l'air navré, et d'un geste dégoûté qui signifiait que j'étais un cave, il me fit comprendre que je n'avais rien de plus à faire qu'à jouir du moment présent.

— Je vais m'injecter un chouia d'insuline en plus, dit Krems : je crois qu'il va mettre les petits plats dans les grands !

Lepintre et moi étions toujours sous le choc. Je demandai :

— Gaston, vous le connaissez ?

— Pas du tout ! Je le vois pour la première fois.

— C'est impossible !

Krems se leva à demi et se pencha, il était suspendu au-dessus de la table :

— Vous le gardez pour vous, c'est promis ? « Aller voir au cul de la vieille » signifie regarder à l'insu des autres la dernière carte du paquet. Une métaphore ancienne, peu de jeunes joueurs de poker la connaissent. Elle est typiquement française.

— Une expression de tricheur ? demanda Lepintre.

— Tout juste ! La vieille école, celle de la « mirette », celle des artistes qui écumaient les arrière-salles des troquets, la gauloise au bec !

— La « mirette », demanda Lepintre, c'est quoi ça ?

— Les jeunots de la brigade des Jeux ne connaissent pas cette technique, soyez-en sûr. Seul un collègue retraité pourrait vous renseigner. Mais votre question lui mettrait la larme à l'œil ! Le cul de la vieille et la mirette, c'est toute une époque !

— S'il vous plaît, supplia Lepintre.

— Distribuez des cartes en posant sur la table, à proximité, une petite cuillère à café en argent ou en inox, la partie convexe tournée vers le ciel et ouvrez bien vos mirettes !

Les plats défilaient, somptueux : foie gras au porto, tournedos aux cèpes et petits légumes frais, arrosés d'un Madiran millésimé 83 pas piqué des hannetons.

Krems chipotait, l'inspecteur dévorait et buvait comme un trou. De temps à autre, il fixait méchamment son téléphone et semblait lui intimer à coups de mimiques l'ordre de ne pas l'interrompre. Krems avait calmement trempé ses lèvres dix fois dans son verre de vin, sans en avoir absorbé plus de deux gorgées.

Lepintre reposa son verre et après avoir jeté un regard circulaire, il nous dit :

— C'est l'œil du cyclone, tout est calme, mais je sens que des choses se préparent ! Qu'est-ce qui va me dégringoler dessus ?

Ma réponse fut spontanée :

— Une paire de guibolles, un bras ou deux et une énigme…

— Je le crains, soupira-t-il… Ce 224 et ce 31 n'ont aucun sens ! Nous cherchons un psy qui joue aux échecs... Il existe deux revues spécialisées, et une douzaine d'abonnés répond à ce critère.

— Vous ne trouverez rien dans cette direction, affirma Krems. Il joue aux échecs, mais s'il avait été abonné à une revue spécialisée, il n'aurait jamais fabriqué une énigme échiquéenne. Il est fou, mais pas idiot. Je suis persuadé que si *Le Matin* n'avait pas publié la solution à sa devinette, il se serait fait un plaisir de vous la donner. Il est sans doute dépité, il a dû conclure que la police n'aurait pas trouvé l'histoire du *Dragon accéléré et hyper accéléré* sans pointer les adresses de Clortier et Quitray sur un plan, donc après coup. Il a tout de même des raisons de penser que sa petite sœur l'a échappé belle !

— Sa petite sœur... s'étonna Lepintre.

— Une idée en rien étayée... Rien de moins sûr ! Trois cafés, monsieur Gaston ! Lepintre, en pleine digestion, était calme et repu.

Je marmottais :

— 224^{ment}, 31^{ment}, c'est incompréhensible : « ment » du verbe mentir ?

Krems fit la moue. J'avais envie de jouer, de le titiller avec cette étrangeté qui lui résistait. J'ajoutai, comme un médecin qui ausculte sans ménagement la région douloureuse :

— 224^{ment}, 31^{ment} étrange... Il m'est interdit de publier ces signatures, c'est bien dommage, un lecteur en aurait peut-être trouvé la signification.

Lepintre était d'accord. Puis, se rétractant, il affirma :

— On ne peut trouver du sens à tout ! Je ne sais pas, tiens : 732 ! Allez donc trouver une signification à 732 ! C'est un nombre et rien de plus !

Je suivais le regard du flic : un groupe de beurs passait dans la rue. J'entendis Krems lui demander :

— Un armagnac ?

— Un cognac plutôt !

— Un Martell ?

— Parfait !

Krems, très amusé, me fit un clin d'œil.

— « 732 » disiez-vous ; il cria : « monsieur Charles, un Martell ! ».

Lepintre afficha un air navré :

— J'ai compris Krems, je ne suis pas idiot ! 732, Poitiers, Charles Martel, les Arabes... Sachez que je ne suis pas raciste ! Avec « 732 » c'est facile, mais si j'avais dit « 731 », qu'auriez-vous trouvé à me répondre, pas grand-chose hein ? gros malin !

— Un de moins !

— Vous êtes infernal... Infernal !

— Vous n'avez aucune chance à ce jeu, inspecteur : Krems et moi avons travaillé ce numéro à fond !

Le flic et le psy riaient ; aux anges, j'en voulais plus.

— Tout de même Krems, pourquoi 732 et 731 vous inspirent-ils plus que 224 et 31 ?

— C'est une très bonne question, mon vieux... Ces nombres ne me suggèrent rien, voilà tout !

J'insistais à plaisir :

— En pleine nébuleuse !

— Qu'avez-vous dit ?

Lepintre et moi sursautâmes. Krems, les mains à plat sur la table répéta :

— Qu'avez-vous dit ? d'où sortez-vous ça ?

— *En pleine nébuleuse*, ce sont vos propres mots, chez le préfet… il n'y a vraiment pas de quoi vous mettre dans un état pareil !

Momifié, il ne bougeait plus d'un poil. J'étais très mal à l'aise, je lui demandais :

— Quelque chose ne va pas ?

— Mais quel idiot je fais ! Quel con !

Krems se tapa si fortement le front de la paume de sa main, que ses lunettes valsèrent. Lepintre s'étouffa : il avait compris que le psy avait trouvé ce qui liait 224 et 31 à une pensée assassine. Il voulut lui demander la clef de l'énigme au moment même où il déglutissait une gorgée de cognac et il s'étouffa. L'espace de quelques secondes, notre table fut une représentation contemporaine de la Nef des Fous. Un silence de mort régnait dans le restaurant.

Krems était à nouveau tranquille et pensif. Lepintre tenta de parler, mais aphone, il ne produisit que du vent. Krems lui demanda son téléphone.

Il conversait avec sa femme :

— J'ai un bouquin d'astronomie dans la bibliothèque, *Étoiles et constellations*, un nom de ce genre. C'est presque un livre d'images. Je raccroche, j'attends cinq minutes et je te rappelle.

— Vous avez trouvé, n'est-ce pas ? demanda Lepintre, fébrile.

— Il y a des chances… Andromède !

L'inspecteur et moi répétâmes machinalement…

Il reprit :

— La nébuleuse ou la constellation… la nébuleuse bien sûr ! J'ai trop bu.

— Deux gorgées, dit le flic.

— Mais de trop !

Krems reposa le téléphone, radieux.

— Eh bien voilà. Anne vient de me confirmer que 224 et 31, c'est du pareil au même !

— Krems, s'exclama l'inspecteur… Je vous en prie !… Merde, je veux savoir !

— Andromède est une galaxie spirale semblable à la Voie lactée… Bref, deux catalogues répertorient les objets célestes : le Messier et le N.G.C. Dans le premier, Andromède est « M31 » et dans le second « N.G.C. 224 ». Il signe « Andromède… ment vôtre » !

— Ça n'a aucun sens, scanda Lepintre.

— Je suis bien d'accord, répondit Krems, nous ne sommes pas plus avancés ! Tout de même inspecteur, si j'étais vous, ce que vous avez fait avec les abonnés des revues d'échecs, je le ferais avec la *Revue Internationale d'Astronomie*. De plus, au sein des hôpitaux psychiatriques, les services, les pavillons ont souvent un nom, voyez s'il en existe un qui échappe au registre de la botanique et porte celui de cette galaxie. Passez également en revue les proches d'Andromède, tous ont donné leur nom à une constellation : Cassiopée sa mère ; Céphée son paternel et Persée, le prince charmant chevauchant Pégase.

Lepintre jubilait :

— Je m'en occupe.

— Une dernière chose, ajouta Krems, Anne vient de me dire que les trois étoiles principales de la constellation d'Andromède se nomment Sirrah, Mirak et Almak !

Lepintre s'écria :

— Nom de Dieu ! Les deux premières lettres de chacune d'elles : SI… MI… AL… Simial !

Respectueux de la hiérarchie, l'inspecteur rapporta immédiatement la découverte de Krems à son divisionnaire, à qui il laissa le soin de lancer les recherches et d'informer le préfet.

J'enrageai de ne pas pouvoir publier ces derniers rebondissements.

M. Gaston se tenait là, planté devant nous…

— Alors messieurs ?

— Un grand moment, répondit Krems.

Gaston se pencha et lui susurra quelques mots à l'oreille, si près, qu'il sembla la lui mordiller. Krems lui répondit à voix haute :

— Je joue au stud poker, pas au fermé. Merci de votre invitation.

Gaston hocha la tête et ajouta à notre adresse :

— Et n'oubliez pas, les enfants. C'est à la fin du bal qu'on paie les musiciens… à la fin !

L'inspecteur répondit sèchement à un appel et bafouilla :

— Je vous le passe, monsieur le préfet… oui monsieur…

— Pour moi ? chuchota Krems.

— Oui, pour vous, répondit-il, dans un souffle.

Krems écouta longuement avant d'articuler :

— Merci… Je sais que j'ai demandé une voiture avec chauffeur, mais en fait, je m'en passe très bien… Je dois ! même si… bien ! Et garder sur moi le portable de Lepintre… Nous sommes au Cul de la Vieille… Ah, pour sentir bon, ça sent bon !… Oui, je lui passe le message.

Krems fit signe à Gaston de s'approcher.

— Vous avez les amitiés du préfet de police. Il me charge de vous dire qu'il passera jeudi midi. Quatre personnes !

Gaston fixa Krems un petit moment. On lut dans ses yeux : « C'est qui, ce mec qui a tout bon ? »

Le téléphone sonna à nouveau, Krems hésita à répondre :

— Pour vous, inspecteur.

Lepintre écouta les yeux clos, produisant à intervalles réguliers des bruits de nez. « Dans dix minutes », dit-il avant de raccrocher. « Les affaires reprennent », soupira-t-il :

— Les plats cuisinés viennent d'être livrés par un petit transporteur, un artisan qui est actuellement entendu. Il a reçu mille cinq cents francs d'une fille dont le signalement répond à celui de Louise Simial pour déposer à quinze heures un gros paquet, sur le trottoir, devant le syndicat des huissiers de justice. Le livreur avait ordre d'ouvrir la boîte. À l'intérieur : deux bras et deux jambes cuisinés. Les quatre membres sont montés comme une composition florale, ils sont plantés dans un vase en plastique et tenus entre eux par des fils de nylon. Un billet de banque démonétisé est coincé entre deux des orteils ayant appartenus à Quitray ; dans la main de Clortier amputée de deux doigts, un porte-monnaie ouvert duquel dépasse le bout de son pouce et de son majeur coupés, tous deux figés dans ce geste qui évoque le fric… Aboulez le fric ! Une carte à jouer, la dame de carreau, flotte comme un pavillon à l'extrémité de l'arpion de l'huissière.

— Rachel, chuchota Krems.

— Rachel ?

— Rachel, la dame de carreau, ma carte préférée… je l'ai écrit.

Je lus sur les lèvres de Krems : « Ça ressemble à un clin d'œil, à un petit bonjour. »

Les journaux à sensation *Paris Mirror* et *Privé* avaient reçu, trente minutes avant la livraison, un bref appel téléphonique : « Ici Louise Simial, vous trouverez… » Une dizaine de photographes avaient déjà épuisé leurs pellicules lorsque la police intervint pour embarquer la surprenante composition.

Une Renault 25 stationnait en double file. Un jeune athlète entra dans le restaurant et demanda Krems. Lepintre s'exclama : « Il se fout pas de vous le préfet, on est un p'tit gâté. Vous avez droit à une voiture de ministre et à un chauffeur ! Krems, vous recevrez sur ce téléphone des appels pour moi pendant dix minutes encore, son code d'accès :

1732… et je ne veux pas vous entendre commenter ce mille ! ».

La voiture de Krems était noire, la plaque minéralogique était banalisée mais pas son chauffeur, qui avait tout d'une star américaine du contact viril.

— Inspecteur Ghall, dit-il à Krems. Nous serons trois à nous succéder vingt-quatre heures sur vingt-quatre. Ordres du big big boss. Nous vous accompagnerons partout où vous irez.

Il retourna se planter devant la bagnole.

Lepintre, légèrement torché, mondain et amical comme un oisif qui compte se rendre à un vernissage, me demanda si je voulais l'accompagner. Je déclinai son invitation. Krems, hésitant, détaillait des pensées disjointes :

— J'éprouve le besoin de ne plus penser. Je file jouer aux échecs au café de la Régence. Vous savez comment me joindre, et n'oubliez pas que nous avons un pari en cours et que vous avez quinze mille balles à gagner !

Je lui demandai :

— Quelles sont nos chances : deux, trois pour cent ?

— Sandrin, enfin… Nous ne sommes pas dans le registre comptable. Comment calculer la probabilité de l'apparition d'une métaphore ? Un temps, je me suis intéressé à la redondance, la séquentielle, les linguistes parlent de chaîne de Markov. On peut calculer la probabilité de l'apparition d'une lettre à la suite d'une autre dans une langue donnée…

Je me dis que ce mec était totalement siphonné !

— … ainsi en français, vous ne parieriez pas un fifrelin sur un mot contenant la lettre Q suivie immédiatement d'un V ou d'un P… Le S est possible, mais le U est le plus probable.

— Sans aucun doute !

— Vous pouvez faire le même calcul sur l'énoncé : « Je lui ai mis la main au… » et dès lors affirmer que la probabilité de l'apparition du mot qui manque dépend de ceux qui le précèdent. Ce que ce calcul ne prend pas en compte, c'est que les mots probables dans mon exemple, c'est-à-dire « panier » ou « cul », sont, au poil près, un seul et même signifiant qui exprime quelque chose du désir de celui qui cause. Le mot « cul », lorsqu'il est énoncé, clôt la phrase. En vérité il détermine toute la construction linguistique qui le précède.

— Et « collet », « je lui ai mis la main au collet » ?

— Je n'y avais pas pensé ; une expression joliment désuète. Prononcée par un vieux flic, elle laisse encore toutes ses chances au « panier » à salade, au « trou » et à ses déclinaisons avec une bonne espérance de doublé voire de triplé, par exemple : « je lui ai mis la main au collet… et zoup !… au panier le trou du cul ! ». Remarquez la vitesse du dérapage : il y a une minute, nous parlions des chances d'apparition d'une consonne à la suite d'une autre et voilà que nous sommes à deux doigts de chercher un stimulus langagier produisant chez nos congénères un comportement conforme à nos attentes marchandes ou politiques.

— Quel rapport avec l'androgyne ?

— J'y viens… L'étape dernière, psychologique, insupportable, consiste à vouloir calculer la probabilité de l'apparition d'une idée ou d'un comportement chez notre semblable après que nous ayons mis en place les bons signaux. La finalité est politique, de l'élection d'un homme public à la promotion d'une salaison industrielle, la même ignorance, la même logique est au travail. L'androgyne platonicien, s'il en est question dans la lettre de notre oiseau de malheur, si nous gagnons donc notre pari, il ne faudra pas en déduire que j'ai deviné une fois de plus et que je suis génial, mais qu'en place des points de suspension mon alter ego — et c'est en quoi il l'est — n'a pas dit « cul » mais « panier », comme moi !

— Mais aucune phrase ne précède « androgyne platonicien » !

— C'est tout comme : un geste prémédité, une double amputation anticipe la lettre que vous allez recevoir. Il est possible qu'elle ait été rédigée après le double crime et pas avant, mais comme dans mon exemple précédant, elle était écrite avant d'avoir été rédigée et déterminait tout ce qu'elle semble décrire après coup.

— J'ai du mal à suivre… je ne suis pas habitué à de pareils propos. Krems, ce que vous racontez me gonfle !

— Sandrin, vous avez lu comme moi dans *Le Banquet* de Platon la tirade sur l'androgyne. Zeus décide d'envoyer Apollon les couper en deux pour les rendre plus faibles et accessoirement plus nombreux, et le dieu des dieux d'ajouter quelque chose comme : « *Et s'ils continuent à me pourrir la vie... je les couperai encore une fois en deux et les réduirai à marcher sur une jambe, à cloche-pied.* » Que font Simial et son frère ? Ils suivent une prescription divine ! Lui est Zeus, elle est Apollon. Par chance pour les officiers ministériels, cette folie est celle d'un homme cultivé, d'un freudien, d'un lacanien. Aussi, il se contente de diviser en deux ceux qui lui ont pourri l'existence, exception faite de Lebuc.

— Mais vous êtes cinglé ! « Par chance pour les huissiers, il est lacanien ! » Il les découpe ! dé-cou-pe !

— Sandrin, si notre homme n'était pas psychanalyste mais un artiste peintre sans talent, pour les huissiers, ce serait un holocauste, la Shoah.

— Krems, je suis fatigué...

— Sandrin, pourquoi selon vous Clortier a-t-elle été amputée du côté droit et Quitray du côté gauche ? Nous savons que ces deux-là font la paire ! Ne sentez-vous pas venir la construction surréaliste d'un « deux en un » gros comme une maison ?

— J'aurais dû miser plus...

— Tenez-vous à ce que je me rende malade à l'idée que j'ai été la pire de vos rencontres, deviendriez-vous joueur ?

— Krems, vous n'aimez pas les psychologues, n'est-ce pas ?

— Les aimer, pour ce qu'ils sont ? Mais vous perdez la tête.

— Vous ne pourriez pas aimer une femme huissier ?

— L'aimer assurément non ! la désirer ? Diablement !… Non, pas diablement !

— Ah ! et pourquoi ?

— Grand Dieu, ne savez-vous pas que tous les démons, petits et grands, s'interdisent les vices commis *extra vas debitum* ! Même Asmodée, le prince de la fornication, ne sodomise pas, c'est une loi des diables ! Aussi, je préfère rester humain !

*

Je retournai tranquillement au journal. Aucun courrier ne m'y attendait. Pierre me reprocha de n'avoir pas suivi Lepintre. Télévision et radio venaient de faire part de la livraison devant le syndicat des huissiers de l'épouvantable sculpture moderne. Pierre projetait avec délice les retombées de l'abomination sur le tirage du lendemain ; les kiosques avaient été dévalisés de l'exemplaire du jour. Il me poussa vers mon ordinateur « Tu écris ! demain tu fais encore la une. » Le président de l'association des officiers ministériels loyalistes me téléphonait pour la cinquième fois, je décidai de prendre la communication.

Mes articles ne plaisaient pas à ses adhérents, il estimait que les adjectifs que j'employais pour qualifier les abominations commises étaient faibles, que des superlatifs manquaient et que j'étais à la limite de traiter le démon et sa femelle comme des Robin des Bois.

Le président n'employait pas la première personne, mais uniquement l'impersonnel « on » : par sa bouche parlaient tous les syndiqués. Il constata en homme de l'art que si j'évitais les descriptions et les détails sordides, je me gardais bien de juger et qualifier les auteurs des atrocités comme il se devait, ce qui, à ses yeux, témoignait d'une grave défaillance des obligations morales d'un journaliste digne de ce nom. Il m'assura que je me faisais, sans doute à mon insu, l'oblat de quelque ténébreuse et antisociale communauté. Son style était emphatique, chacune de ses phrases centrait adroitement le mot juste qu'il scandait comme on souligne nerveusement. Ennemi juré du double sens, il était en guerre contre la métaphore, cette figure de rhétorique juste bonne à polluer les constats.

Ma tension montait ; il répétait sans cesse mon nom, je lui demandai :

— « Monsieur Sandrin… monsieur Sandrin », vous n'arrêtez pas ! Vous aimez mon nom, ou vous craignez que je l'oublie ?

— Mais… c'est par correction, monsieur Sandrin.

— Alors corrigez !

Vexillaire des huissiers de justice, il me dit qu'il tenait haut et droit le drapeau de sa profession.

Je le questionnai sèchement :

— Qu'y a-t-il sur votre drapeau ? Quel emblème ?

Il y eut un moment de silence à l'autre bout du fil.

— Mais notre drapeau… nous n'en avons pas ! Il s'agit d'une image, monsieur Sandrin, vous comprenez ? Une image…

J'avais vingt ans, j'entrai dans une colère violente, incontrôlée, sauvage, nihiliste.

— Ce que vous portez fièrement n'existe que dans votre esprit, monsieur… Juste un imaginaire bout de chiffon divinisé. Vous êtes ce pauvre truc que vous n'avez même pas, vous n'êtes qu'un fanion monsieur, un fanion qui s'agite tout seul ! Mon registre n'est pas le vôtre, je ne fais pas de constat, monsieur, mais tout le contraire… Je suis journaliste, journaliste ! Je commente, j'interprète, je glose, je poétise, je suis un fou, monsieur, un fou ! Je…

Il me raccrocha au nez.

Je restai les yeux fermés, mon cœur battait très fort, ma tension devait être à trente. Je me sentais vivant, presque bestial, j'étais avide d'une belle forme animée de gracieusetés. Je voulais voir une femme avec de grosses fesses rondes et des seins opulents, une laitière ; j'ouvris sur le monde des yeux avides.

Krems se tenait debout, les pieds entortillés devant mon bureau. Il m'observait par-dessus ses lunettes, les bras croisés hauts sur sa poitrine, comme on détaille une œuvre d'art.

Un peu gêné, je lui demandai :

— Rien au café de la Régence, aucun partenaire ?

— J'ai changé d'avis en chemin, je n'ai pas envie de blitzer.

— Blitz ?

— Une partie d'échecs limitée à cinq minutes pour chacun des adversaires ; à chaque coup joué vous appuyez sur votre pendule, votre temps cesse de s'écouler tandis que celui de votre adversaire s'égrène à nouveau. Si vous consommez vos 300 secondes avant d'avoir maté... ploc ! Votre petit drapeau tombe et vous avez perdu.

— Cinq minutes pour toute une partie d'échecs ?

— Parfois on joue en deux, voire une minute.

— C'est très fou ?

— Non ! c'est très drôle.

— Tout de même, Krems, deux idées me trottent dans la tête : la deuxième lettre m'est parvenue directement à la Montgolfière : il faut donc que j'aie été suivi par Louise Simial ou son frangin...

— Oui.

— Et Andromède, vous croyez qu'il existe quelque part un service ou un pavillon psychiatrique portant ce nom ? Il signerait de son adresse ?

— Non. Il aime ce qui est à tiroir, ce qui rebondit d'un registre à l'autre. Il convient de vérifier, et Lepintre s'en charge, mais je suis convaincu qu'il s'agit d'autre chose, à coup sûr d'une extravagance logique. Mais laquelle ? je n'en sais rien. Comprenez, monsieur Sandrin... monsieur le nihiliste, je n'en sais rien !

Krems caricaturait joyeusement l'interlocuteur qui venait de me faire perdre mon sang-froid.

— Sandrin, trêve de plaisanterie, quand vous dites « j'ai été suivi », « suivi » est-ce le mot qui convient ? Dans sa première lettre, ce psy vous indique le chemin du cercle en vous parlant du polar de Borce et de ses fréquentations. Borce n'a qu'un petit groupe d'amis. Avant l'ouverture des cercles, nous jouions au poker chez les uns, chez les autres. Nous étions sept ou huit psychiatres, psychologues, analystes. À l'époque, nous avions publié un petit livre intitulé *Le joueur et sa passion*, avec en exergue : *Études psychanalytiques et littéraires*. Notre monstre a lu cet opuscule, ainsi que le roman de Borce… La dame de carreau coincée entre deux orteils de l'arpion de… bref, cette carte est un clin d'œil qui m'est adressé…

— Vous êtes convaincu que ce dingue vous cherche ?

— Sandrin, il vous a conduit à votre point d'aboutissement aussi sûrement que si vous aviez été sur rail…

— Vous tuer, il veut vous tuer ?

— Non, ce serait fait depuis belle lurette : je suis facile à supprimer, tout comme vous. Il veut jouer, il veut jouer avec moi… Il déglingue des officiers ministériels et moi, je dois l'en empêcher ! Voilà tout !

— Parlez-moi de ce texte que vous avez écrit, de quoi y est-il question ?

— Il s'intitule : *Les entours de l'indécidable*, il traite de logique de la relation intersubjective, d'êtres, de sujets en miroir, chacun pensant l'autre le pensant. J'y commente *The final problem*, un texte de Conan Doyle. L'auteur y fait part magistralement de la tempête qui éclate sous les crânes de deux grands logiciens : Sherlock Holmes et le professeur Moriarty. Ce dernier veut attraper l'autre, lequel cherche à s'échapper. Tout le problème de nos deux hommes se résume à un choix à faire, chacun sachant que l'autre sait qu'il sait ! Ces deux redoutables calculateurs sont en vis-à-vis et chacun tient lieu d'idole pour l'autre.

— J'ai lu cette aventure, Holmes est dans un train. Descendre ou ne pas descendre à une station… Il s'agit d'une histoire dans le genre, n'est-ce pas ?

— Exactement.

— Il y aurait un rapport entre…

— Sandrin, à quoi croyez-vous que joue cet homme ? Il a lu ce texte dont je viens de vous parler et il m'a choisi comme adversaire. *Les entours de l'indécidable*, comment exprimer les choses… disons que ce texte l'a inspiré.

— Poursuivez Krems, poursuivez…

— Nos deux calculateurs de génie franchissent chaque étape de leur raisonnement en même temps, ils sont donc selon toute logique, inéluctablement en route pour le même résultat. Cette situation est embarrassante pour nos deux compères, « calculateurs calculés par le même calcul » : convient-il qu'ils soient à l'heure au rendez-vous que leur logique sans faille leur assigne ? S'ils le sont, s'ils ne cèdent rien à leur « idéal logicien », ils sont l'un pour l'autre totalement prévisibles et dès lors, en quoi se distinguent-ils d'une volaille victime d'un appeau ? Ce que l'un et l'autre déduisent, ce sont les places qu'ils doivent idéalement occuper s'ils sont de parfaits calculateurs. Cela fait, chaque protagoniste peut décider de ne pas être au rendez-vous de la logique et préférer faire l'idiot, le clown, et sauter du train en marche… Nos logiciens en miroir, en pleine réflexion, se trouvent finalement piégés plus encore qu'une autruche par le trou dans lequel elle fourre sa tête pour échapper au satyre, au plumeur de fion !

— Pourquoi plus ?

— Si un logicien poursuit un autre logicien et si chacun tient lieu pour l'autre « d'idéal », lorsque le premier fourre sa tête dans le trou, son poursuivant est condamné à être dans le noir, à ne plus le voir !

— Et s'il le voit, s'il l'attrape quand même ?

— Celui qui aura la tête dans le trou ruminera : « pfut ! Je suis en train de me faire enfiler par le dernier des petits maîtres à penser ! »

— Krems, j'ai un article à écrire et juste avant, un coup de fil à passer à Lepintre. Imaginez qu'il ait découvert quelque chose d'extraordinaire… Si nous soupions tous les trois ? Je suis fébrile… Depuis quand savez-vous qu'il voulait jouer avec vous ?

— À la lecture de la première lettre. Mais je me trompe peut-être. Venez me rejoindre à la Montgolfière à vingt et une heures.

Lepintre n'avait rien tiré du livreur ni de la sculpture moderne. Les membres de Clortier et Quitray n'étaient que mi-cuits. Lepintre m'expliqua qu'à point, ils n'auraient pas eu une rigidité compatible avec une création sculpturale stable.

Aucun service psychiatrique ne portait le nom d'Andromède. Rien non plus du côté de Cassiopée, Céphée, Persée ou Pégase, ces constellations conservaient tout leur mystère.

Un portrait-robot de Louise Simial était diffusé à la télévision et dans la presse écrite. La police était débordée d'appels : la diabolique créature était la voisine de milliers d'honnêtes gens.

*

Krems se trouvait à une table de poker à cinq mille francs la cave. Sa masse de jetons était minuscule et sa mine sombre. Il me susurra à l'oreille qu'il perdait presque dix mille balles. En se levant il soupira :

— Tant qu'on paie avec de l'argent, on s'en tire à bon compte !

— Que voulez-vous dire ?

— On peut payer de sa vie, ou laisser un bras, une guibolle, ou les deux !

Nous nous rendions tranquillement à la salle de restaurant, quand le physionomiste interpella Krems :

— Un coursier a déposé une enveloppe pour vous.

Krems ronchonna en la tournant et la retournant. Dessus, à la main, était inscrit en lettres majuscules *Julien Krems* et en bas à gauche, le mot *personnel* était souligné de deux traits convexes.

Au premier coup d'œil, j'avais reconnu la signature. Krems demanda :

— Qui l'a déposée ?

— Un coursier, qui est reparti immédiatement.

— À quoi ressemblait-il ?

Le diabolique physionomiste le détailla d'un fort accent corse et termina sa description par des touches subtiles : certainement un chauffeur de taxi, cinquante-cinq ans, gras, fumeur, buveur de bière… mauvaise alimentation.

Mon pouls était monté d'un coup, j'étais vexé de ne pas être le destinataire de la missive. Sur le chemin de la salle de restaurant, Krems acheva sa lecture. Je lui demandai :

— C'est lui ?

— Oui… Une bonne et une mauvaise nouvelle : nous avons gagné une coquette somme, mon vieux !

— Et la mauvaise ?

— Vais-je avoir le temps de dépenser ce fric… Lisez !

Cher ami,

Je n'ai jamais cherché à vous rencontrer et je ne sais pas à quoi vous ressemblez. Nos sources communes ne nous permettent pas de nous reconnaître au premier regard, nous ne pouvons nous identifier qu'à l'oreille. Je vous ai lu, comme vous m'avez lu. Je suis las, Krems, et l'horreur que j'ai programmée s'achève… encore quatre huissiers et j'en aurai terminé.

Mais me laisserez-vous le temps ? Défaire l'inextricable est bien plus difficile que de le composer. Une névrose est un peu comme un imbroglio com-

plexe de nœuds sur une ficelle, il n'est pas nécessaire d'en savoir long pour le fabriquer, mais pour le défaire, c'est une autre histoire ! Étrange paradoxe.

Je sens le danger, je sais que j'ai produit dans mes lettres, à mon insu, les signifiants de notre perdition ; j'ai si peur pour Louise, j'ai si peur de vous voir surgir dans mon havre. Je crains que vous ne découvriez ce fil d'Ariane que j'ai tissé sans le vouloir... Une chance sur un million !

Je vous livre l'avant-dernière énigme, la dernière pour vous, car je vais vous tuer, très proprement, je vous le promets. Je suis sincèrement désolé.

Je comptais produire quelques lignes à l'intention de Sandrin, commentant le doublé de Louise. Ah, ces canailles de Clortier et Quitray... Je voulais même fabriquer le moule en cuir et les sangles leur permettant de fonctionner tel un androgyne foireux dont chaque moitié disputerait à l'autre l'objet à saisir.

Ayez l'amabilité de transmettre à notre ami Sandrin ces quelques lignes. Une colle pour vous :

« PÉRIODE D'UN DÉSASTRE DURANT LAQUELLE UNE RÉVOLUTION SE RÉSORBE DANS LE MOUVEMENT QUI LA CAUSE ! »

Andromède... aviez-vous deviné ?

La tournure que prenaient les événements me déplaisait. Je téléphonai à Lepintre et lui lus la missive : il s'invita.

— Comment peut-il vous connaître ? demanda Lepintre à Krems en suivant des yeux une cuisse de canard sur un lit de patates sautées, vous n'avez jamais été nommé…

Krems fit part au flic de ses interrogations et de ses déductions : le petit groupe de psy, l'opuscule, le roman policier de son vieil ami et cette phrase du criminel : « *… À le lire, je devine que Borce a les relations qu'il faut pour aider ces fonctionnaires de police intellectuellement figés dans la concaténation des signifiés…* »

— Au début, dit Krems, il avait le désir de me débusquer, de jouer avec moi, le logicien de la bande. J'étais un *petit plus*, un *petit plus de jouir*. Aujourd'hui, il est inquiet, angoissé, il a peur pour elle.

— Et vous ? demanda Lepintre.

— Rien n'est plus contagieux que l'angoisse. Je vous avoue que l'idée de finir en ragougnasse ne m'enchante pas…

— Il dit vouloir vous supprimer proprement !

— Proprement… Je n'ose même pas penser à ce que cela signifie ! Enfin, la police veille sur moi !

Lepintre fut pris d'un rire nerveux.

Il se reprit :

— Andromède et sa constellation familiale ne mènent nulle part. 224 et 31, notre homme n'a pas hésité à nous renseigner… Que faire du nom de cette belle jeune fille ? Nos services planchent sur tout ce qui peut lier Andromède à… à on ne sait quoi.

— Me voilà rassuré ! Savez-vous qu'il est possible de logiquement rattacher Andromède et roulement à billes, Andromède et crème à raser ? Il faut trouver le rapport nébuleux que ce joueur entretient avec M31 ou NGC 224. La solution qu'il nous porte sur un plateau est une tentative de banalisation… Il espère que désormais on va penser à autre chose !

— Oh ! du pot-au-feu au menu, s'écria Lepintre. Du bœuf ? demanda-t-il au garçon qui, médusé, lui répondit : « Mais, que voulez-vous que ce soit, monsieur ? » Ça m'ira… et n'oubliez pas le gros sel et les cornichons !

— Même chose, mais sans arrière-pensée !

— Une aile de poulet froide avec de la mayonnaise, demanda Krems.

— Une aile de poulet ? répéta Lepintre, étonné.

— Par courtoisie… Le serveur sait que cela signifie « croupion ».

Nous étions tous les trois d'excellente humeur.

Lepintre demanda à Krems :

— Vous pensez sérieusement que ce type veut vous supprimer ?

— Oui…

— Et pourquoi donc ?

— Il a relevé sa propre piste dans ses bafouilles. Quelque chose lui a échappé qui peut nous conduire jusqu'à lui ! Il a écrit qu'il « *produisait les signifiants de sa propre perdition* », mais au moment même où il rédigeait ces mots, il n'y croyait pas une seconde. Il a vraisemblablement été très secoué de lire les solutions à ses énigmes. Il n'imaginait pas qu'on puisse les trouver. Il comptait, à mon avis, les adresser lui-même au journal. Du coup, il tourne et retourne un certain nombre de choses dans sa tête. Il a trouvé une piste qui remonte jusqu'à lui.

— Mais pourquoi vous informe-t-il de ses intentions ?

— Il pense que, déstabilisé, je vais perdre beaucoup de mes moyens.

— Et il a raison ?

— Oui ! Je me demande ce qu'il a découvert, bon sang… Il se mord les doigts d'avoir écrit quelque chose, mais quoi ? Il sait que je n'ai pas encore trouvé… puisqu'il est libre !

— Krems, vous finirez peut-être dans une soupe, flottant parmi des légumes, mais je tiens à vous rappeler que vous avez un contrat à honorer. Le préfet et le divisionnaire viennent nous rejoindre pour le café. Vous devez trouver la solution de l'énigme, déstabilisé ou non !

— Quelle énigme ?

L'inspecteur prit la lettre et lut :

— « *Période d'un désastre durant laquelle une révolution se résorbe dans le mouvement qui la cause !* »

— Le Chiffre travaille dessus ?

— Depuis une demi-heure.

— Et vous, messieurs, demanda Krems, elle vous inspire, cette devinette ?

Nous fîmes l'un et l'autre la même moue.

— Pensez-y ! Je reviens dans cinq minutes.

Krems se leva.

— Inspecteur, je suis inquiet pour lui.

— Moi aussi. Il est sous haute surveillance, il a déjà des chauffeurs qui se relaient vingt-quatre heures sur vingt-quatre…

— Des chauffeurs ?

— Capables de toucher un pigeon entre les deux yeux à cent mètres et au juger ! Sandrin, vous manifestez moins de compassion et d'inquiétude pour l'huissier ou le commissaire-priseur qui va se faire dépiauter !

— Et vous, inspecteur ?

— Parlons d'autre chose. Il en met du temps pour pisser, notre ami !

— Il a dû aller voir où en sont les joueurs.

Krems se rassit, détendu, et me lança :

— Que des bonnes nouvelles pour vous, Sandrin : quinze mille balles et de quoi exploser le tirage du *Matin* !

— Vous avez gagné bien plus que moi !

— Certes, mais je veux bien échanger mes gains contre les vôtres si vous prenez l'angoisse qui va avec !

— Vous avez joué au poker ? me demanda Lepintre étonné.

— Pas exactement… Un pourcentage dans la main du pro !

— Krems, balbutia Lepintre, il y a urgence. L'énigme, Dieu du ciel, l'énigme !

— Sirotez votre café tranquillement. On verra après.

— Mais ça ne va pas dans votre tête ! Je ne joue pas moi. Il s'agit de la peau de quelqu'un et même s'il s'agit d'un huissier… Vous ne les aimez pas, je sais, je sais ! Mais ils sont faits de chair et de sang, ils aiment, ils souffrent et…

— … et ils se reproduisent ! Calmez-vous Lepintre, calmez-vous ! Que voulez-vous savoir ?

— Qui ? Où ? et quand ?

— Il me faut un annuaire d'Eure-et-Loir !

— Hein, quoi ?

— Un annuaire d'Eure-et-Loir… professionnel, les Pages Jaunes !

— Pour quoi faire ?

— Pour répondre à vos trois questions !

— Vous me faites marcher ? Il s'agit d'une affaire sérieuse, Krems. Ne plaisantez pas… Le moment est grave !

— Un annuaire du 28.

L'inspecteur téléphona :

— Frémont, Lepintre. Vous dormiez, à cette heure ? Vous vous couchez avec les poules ! Vous avez dix minutes pour me trouver un annuaire du 28 et pour me le porter à la Montgolfière !

Krems sirotait son troisième café, Lepintre et moi étions silencieux.

Un joueur passa l'air dépité, il dit à Krems en nous dévisageant : « deux nouveaux ? ».

— Deux professionnels ! répondit-il.

Le traumatisé jeta son dévolu sur Lepintre :

— Quinte dans le ventre à la dernière, cet idiot me fait quinte dans le bide à la dernière ! Un

« seven stud », il paie trois mille cinq pour un tirage et il trouve sa carte à la dernière ! Il n'a même pas une paire en main quand il paie... et il tire en bas, alors que j'affiche deux dix et un tirage couleur ! Tu imagines : il tire en bas, ce con !

Lepintre, accroché à sa chaise, les yeux écarquillés, le regard fixe, muet, ne comprenait rien à ce charabia. Krems pouffait, il me susurra à l'oreille : « Une phrase de plus et Lepintre dégaine ! »

— La dernière carte, elle est terrible, tu sais bien, mâchouilla Krems.

Le rasé de près tout déconfit était déjà ailleurs et racontait son histoire à un type qui s'avéra être une très mauvaise rencontre. Il venait de vivre bien pire, et heureux de trouver à se répandre, il le harponna. Ton cauchemar n'est rien à côté du mien ! écoute ça... Ils étaient agrippés l'un à l'autre, se secouaient en se parlant dans la bouche :

Carré à la dernière, une carte pour gagner ! Tirage de quinte dans le bide, il a quatre cartes, pas une, quatre ! Alors, c'est qui le plus black, hein ? C'est qui ? Alors ne me fais pas chier... Quelle pleureuse tu fais !

Krems, qui suivait le spectacle, commenta :

— Vous voyez, Sandrin, ce que produit parfois la rencontre d'un bon calculateur et d'un jouisseur qui ne compte pas : le logicien et son fessier suivent une course keplerienne parfaite, puis survient un idiot qui tente sa chance et lui dégarnit le fion et le bel objet stellaire quitte sa trajectoire pour exécuter une lambada des plus folles.

Je ris, Lepintre marmonna, proche de la stupeur :

— Krems, vous êtes très inattendu ! Je n'aurais jamais imaginé que vous alliez me demander un annuaire du 28 ! Et l'énigme ?

— Je ne pourrai rien vous en dire tant que je n'aurai pas le bottin…

— Mais vous avez une idée, tout de même !

— Des idées, on en a toujours, quant à savoir si elles sont bonnes… Alors, que vous inspire cette devinette ?

— Pas grand-chose, répondit Lepintre… Un événement historique : *Période d'un désastre…* les désastres ce n'est pas ce qui manque dans l'histoire de l'humanité ! Les révolutions non plus ! Mais *une révolution qui se résorbe dans le mouvement qui la cause*, voilà bien une colle à poser à un congrès d'agrégés d'Histoire !

J'étais du même avis.

— Et vous, Sandrin ? me demanda Krems, cette devinette ne vous inspire pas plus que ça ?

— Du tout…

— Si vous vous laissiez aller à associer sur cette idée, si vous en disiez tout ce qui vous passe par la tête, dans quelle direction iraient vos pensées ?

— Le système économique capitaliste qui engendre les contradictions dans lesquelles il sombre… Marx, ou le mouvement anarchiste… Bakounine !

— Sacré Bakounine, dit Krems. À la question : « Et si Dieu existait ? » il a répondu : « Il faudrait le supprimer ! » Le mouvement anarchiste… ne trouvez-vous pas que c'est pure folie que de vouloir abolir ce que l'on hait le plus par ce que l'on tient pour une exécration : le pouvoir par le pouvoir ?

Lepintre boudait :

— Vous pensez, messieurs, que vos références subversives sont la clé de l'énigme ? Que l'évocation d'un anarchiste fou à lier va sauver un huissier de justice innocent, ou un commissaire-priseur ?

« Pourquoi pas ? » rétorqua Krems. J'ajoutai :

— Comme ce serait beau si les huissiers, les commissaires-priseurs, « éternellement reconnaissants », élevaient un monument à un théoricien de l'anarchisme, ne trouvez-vous pas ?

— Messieurs, reprit Lepintre, il s'agit d'une sombre affaire, il y va de la vie d'innocents !

Krems l'interrompit :

— Dans 75 % des cas, les criminels n'ont attenté qu'à l'intégrité des personnes ! « Intégrité », ce mot a une double signification : état d'une chose qui a toutes ses parties et probité, honnêteté. On peut supposer, s'agissant des quatre zozos, qu'une défaillance de leur droiture leur a coûté quelques morceaux ! Les voilà changés en candides victimes. Quant au prix de leur innocence… Cher payé ? Qu'en savons-nous ?

Lepintre était cramoisi :

— Comment pouvez-vous formuler les choses ainsi ! Je refuse de vous suivre. Des morceaux ! Vous entendez ce que vous dites ! Et cet annuaire du 28, que fait Frémont ?

— Lepintre, vous vous doutez que les victimes

ne sont pas, au regard de leurs bourreaux, des innocents. Les recherches sont sans doute difficiles, voire impossibles, mais ils n'ont pas choisi ces huissiers et ce commissaire-priseur au hasard. Il y a un lourd contentieux. Il faudrait remonter à dix ou quinze ans, ou plus encore. Une sombre histoire lie ceux que vous recherchez aux victimes. Je ne serais pas étonné qu'une faillite, de mauvaises affaires, aient poussé un père, une mère, ou les deux au suicide, et précipité Simial dans la folie. Il y a d'autres scénarios possibles. Au cœur de cette histoire, il y a des êtres spoliés, ruinés, essorés, et des enfants qui n'ont rien oublié. Les huissiers répertorient les objets saisis, sans doute les valorisent-ils, ils gardent trace un temps des ventes, mais il n'y a pas place dans leurs registres pour le chagrin ou le désespoir.

Tout en écoutant, le flic regardait sans cesse sa montre, il pesta :

— Vingt minutes que j'attends un annuaire d'Eure-et-Loir ! Il va m'entendre, Frémont !

Lepintre se ressaisit :

— Dans une étude d'huissier, il y a des milliers de dossiers. Les examiner un à un en répondant chaque fois à la même question : et celui-là, qu'est-il devenu ? Il faudrait une éternité pour venir à bout d'un travail pareil. Dans le cas de Clortier et Quitray, on peut espérer trouver quelque chose. Leurs mémoires sont intactes, ils vont nous aider !

— C'est possible, inspecteur, mais j'en doute. Le psy y a pensé, je reste persuadé que si l'huissier et le commissaire-priseur sont liés dans une saisie et une vente dont leurs bourreaux ont directement ou indirectement souffert, l'affaire en question n'est pas transparente, pas même pour nos deux officiers ministériels. Si l'auteur des énigmes en avait douté, ne serait-ce qu'une seconde, Quitray et Clortier n'auraient pas été mutilés, mais assassinés.

— Krems, ne trouvez-vous pas que quatre huissiers, peut-être cinq prochainement et un commissaire-priseur, c'est trop, beaucoup trop pour les malheurs d'une seule et même famille ?

— Vous avez raison, Lepintre, j'y ai songé… Il est possible que Louise Simial ne soit pas la sœur de notre psychanalyste, mais sa femme, ou sa compagne, ou…

— Ou ?

— Une patiente.

Lepintre jouait les batteurs. Un pied de la table encaissait les coups de sa jambe tandis qu'il martelait son assiette avec son couteau.

Il s'exclama : « Enfin, le voilà ! ».

Soudainement enfiévré, Krems se leva : il tremblait, des petites gouttes de sueur perlaient sur son front…

— Comment n'y ai-je pas songé ? J'ai lu cette lettre il y a quarante minutes, vous deux également ! Le centre antipoison… vite ! Allons-y à toute allure ! Qui a suçoté ses doigts ?

Nous étions déjà dans le couloir :

— Frémont, attendez le préfet et laissez-moi l'annuaire d'Eure-et-Loir, je vous téléphonerai en route la solution de l'énigme pour autant que j'aie pensé juste. Je crains que cette lettre soit saupoudrée ou imbibée d'une substance mortelle… Filons à l'hôpital Tenon, je me trompe peut-être, mais on joue si gros !

La voiture de fonction dégringolait les Champs-Élysées à toute allure, la sirène hurlait, le conducteur slalomait.

— Vite, hurla Krems, grouillez ! Il chercha un numéro de téléphone sur un agenda électronique et marmonna : Ellias, pourvu qu'il soit chez lui… Jacques ? c'est Krems. Rejoins-nous dans ton service à toute vitesse, nous sommes trois, je crains que nous ayons été empoisonnés, une lettre, des doigts portés à la bouche… Oui, j'ai le papelard. Tu donnes des ordres par téléphone ? Vingt minutes… bon. Lepintre, Sandrin, comment vous sentez-vous ?

— Angoissé, très angoissé ! répondit Lepintre en montrant ses mains humides.

J'avais la gorge nouée. Krems, sous la pâle lumière du plafonnier, tournait nerveusement les pages jaunes de l'annuaire du 28.

— Le L et le S, voilà… Et les autres noms, on ne sait jamais… Son index suivit de bas en haut la liste des huissiers de justice, puis des commissaires-priseurs. Quel tordu ! C'est beau ! Lepintre, j'ai toutes les raisons de croire que la prochaine victime sera maître Sélène, à Chartres. Vérifiez s'il a un frère aîné ou une sœur faisant le même métier.

— Frémont ! Putain de porteuse ! Vous m'entendez, Frémont ? Maître Sélène à Chartres, appelez les collègues, six inspecteurs, planqués devant sa maison et son étude, et bien planqués ! Embarquez sans ménagement tout passant qui s'attarde devant chez lui… bureau comme habitation… Je ferai personnellement le tri. Stoppez toute voiture qui passe doucement, ou qui ralentit. N'alpaguez personne devant l'étude ou le domicile, mais plus loin. Devant chez Sélène, d'apparence cela doit rester complètement désert… Compris ? Je veux tout savoir sur lui, profession des frères et sœurs s'il en a, et de ses parents. Filez à Chartres, réveillez-le s'il dort. Si je suis en état, je vous rejoins. Téléphonez-moi dès que le dispositif sera en place… Et vous êtes le patron, Frémont, vous agissez en mon nom, compris ! Si vous vous laissez commander par un chartrain, je jure que je vous fait muter aux Archives ! Le préfet veut me parler… Passez-le-moi !

Lepintre reprit l'histoire à son début :

— Nous arrivons à Tenon. Vous nous rejoignez ? À tout de suite, monsieur le préfet… enfin, j'espère ! Une autre lettre pour Krems déposée à la réception du cercle ?

Le psy arracha le téléphone des mains de Lepintre :

— Surtout que personne n'ouvre cette lettre, à aucun prix ! Manipulez-la avec mille précautions. Placez-la dans une revue. Bonne nouvelle, grommela Krems en raccrochant, c'est certainement cette lettre-là qui tue !

Sans que nous ayons le temps de comprendre ce qui nous arrivait, nous étions tous trois allongés et perfusés, un médecin donnait des ordres à deux jeunes internes. La lettre était au laboratoire. Ellias déboula, il lança des noms de tests, réclama un certain nombre de substances aux noms barbares qu'il voulait avoir sous la main, prêtes à être administrées. Quatre seringues suspendues et remplies étaient piquées dans le conduit de nos perfusions. J'avais peur, je me dis : « S'il pousse le contenu de la grosse bleue dans le conduit de ma perf, je suis mort ! » Les électrocardiogrammes traçaient des sinusoïdes ratées dont les amplitudes étaient harmonieusement rythmées. L'arsenal était en place et rien n'indiquait que nous étions moribonds.

— Vous êtes un petit veinard, inspecteur, s'écria Krems. Vous avez touché la bafouille un quart d'heure après nous !

— Il se peut que vous n'ayez ni l'un ni l'autre porté vos doigts à la bouche. Ne me dites pas que vous n'avez pas remarqué que je me ronge légèrement les ongles !

Ellias intervint :

— 70 % des tests ont été réalisés, tous sont négatifs !

J'avais les yeux rivés sur le tracé de l'électrocardiogramme.

Krems me regarda l'air amusé. Il tourna sa tête vers moi et me dit :

— Tant qu'il y a de l'ordonnée, il y a de l'angoisse. Mais que de l'abscisse, et nous sommes morts !

Lepintre avait entendu. Il rit nerveusement, tout son corps était agité de spasmes :

— Manquait une leçon d'algèbre ! À un moment pareil ! Je crois que je vais clamser... Je vous en prie, Krems, fermez-la ! Se marrer avec un trocart dans le bras... J'ai mal, s'il vous plaît...

— Vous allez me manquer, scanda Krems. Adieu, poulet !

Le préfet et le divisionnaire surgirent tandis que Lepintre agonisait, des larmes plein les yeux :

— Inspecteur, ce sont les soubresauts de la mort qui vous agitent, ou bien vous vous fendez la pêche ?

— Ce sont les soubresauts de la mort, monsieur le préfet !

— Tous les tests sont terminés... et négatifs ! dit Ellias. Excepté un, qui, lui, est dangereusement positif...

— Lequel, professeur ? demanda le haut fonctionnaire, terriblement inquiet.

— Celui de la parano de Krems !

Ellias pesta amicalement :

— Julien, tu m'as empoisonné ma soirée, j'étais avec une femme superbe, un tanagra, une joueuse de flûte traversière, un tête-à-tête !

Je sursautai, j'étais certain qu'il venait de quitter Jacqueline à qui je devais l'adresse de Rose Holdem et quelques grands moments, debout, les yeux dans le vague et les doigts dans les boucles de ses cheveux. Je pensais : merveilleuse amie, tu cherches inlassablement l'estampille du grand Stradivari sur un galoubet, un gros larigot ou un petit pipeau, et tu ne sais pas, divine concertiste, que tu tires de la flûte un enchantement dans lequel les sons du plus grand des philharmoniques s'évanouissent, comme aspirés dans un trou noir.

— Jacques, peux-tu analyser avec mille précautions le contenu de l'enveloppe qui est dans ce journal ?

— O.K. ! Dix minutes… si le poison est un classique ! Je vous laisse tous les trois branchés pendant ce temps.

— Est-ce vraiment utile ? demanda Lepintre.

— Non ! mais comme ça, vous ne ferez pas de conneries pendant mon absence !

Ellias emporta le paquet au labo.

— Tout le dispositif est en place à Chartres. Maître Sélène a un frère commissaire-priseur à Orléans, dit le divisionnaire.

— Plus âgé que lui ? demanda Krems.

— De dix ans son aîné.

— Même dispositif pour lui, messieurs. Il y a toutes les chances pour que la prochaine victime soit l'Orléanais et pas le Chartrain !

— On y a pensé, dit le préfet. Monsieur Krems, parlez-nous de cette énigme.

Ellias surgit, livide, il balbutia :

— Dans l'enveloppe, une carte postale musicale… enfin pas exactement, un truc avec lequel on peut enregistrer. C'est une voix masculine, écoutez : *Désolé de vous avoir tué, Krems… vous étiez une trop grande menace !*

Le toubib tendit la pièce à conviction au divisionnaire, qui refusa obstinément de s'en saisir.

— Vous pouvez la toucher, elle est nettoyée,

vous ne risquez rien ! Si l'un de vous avait ouvert cette carte, il ne serait pas arrivé ici vivant. Regardez toutes ces minuscules paillettes de verre collées sur la carte et à l'intérieur de l'enveloppe, dans la rainure, à l'endroit précis où l'on glisse l'index pour décacheter… Une seule d'entre elles tue, elles sont imbibées de cyanure !

Le divisionnaire gardait les mains croisées derrière le dos, tandis que le préfet s'était reculé de trois pas.

— Tu nous débranches ? demanda Krems.

Ellias fit un signe de tête à une infirmière au beau visage, une costaude avec de larges épaules et des avant-bras musclés couverts de poils noirs frisottés.

Krems, une fois libéré, s'exclama :

— Cher professeur, demain tu recevras une invitation pour deux personnes dans un des plus prestigieux restaurants parisiens : une table de ministre avec vue sur Notre-Dame !

— Qui paie, toi ?

— Le préfet de police en personne t'adressera le faire-part dès demain !

— À la première heure, ajouta le haut fonctionnaire.

— Messieurs, déclama le psy, il y a urgence, rendez-vous au café de l'Horloge face à Notre-Dame, dans dix minutes !

— Vous ne partez pas pour Chartres ou Orléans ? demanda le divisionnaire.

— J'ai besoin d'un bon café à cet endroit précis.

Et n'oubliez pas que je ne fais pas partie du personnel de la préfecture !

La voiture du préfet suivait la nôtre. Presque tous les boulots avaient des avantages dont personne ne parlait jamais. Les flics, eux, pouvaient garer leurs bagnoles n'importe où.

Krems regardait le profil éclairé de la cathédrale et le mur couvert de lierre qui effleurait la surface de la Seine. Nous attendions en silence. Le garçon, surpris et contaminé par notre mutisme de trappiste, prit la commande à voix basse.

Krems rompit le charme après une longue inspiration :

— Pardonnez-moi, messieurs, cette perspective est pour moi un passage obligé, elle m'émerveille, une irrépressible envie à chaque fois que… La place du marché de Mirepoix et son église, vous connaissez ?

Je lui fis part de mon étonnement :

— Une fascination pour une cathédrale et une église, n'est-ce pas une bizarrerie pour un psychologue juif et athée ?

— Les trois ont leurs églises, dont les architectes… comment dire ?… laissent à désirer !

Le préfet interpella Lepintre :

— Inspecteur, alors même que vous aviez toutes les raisons de croire que vous étiez à l'article de la mort, vous étiez plié de rire. Vous m'avez époustouflé !

— Je suis le premier surpris : mais ne voyez là

rien d'héroïque, monsieur. Comment tenir sa propre mort pour autre chose qu'une blague ? Penser l'impensable : l'expérience de sa propre mémoire qui s'évanouit… ce n'est pas croyable !

Je me dis : Krems l'a infecté, il débloque ! Le préfet dévisagea Krems dont le regard s'était de nouveau perdu dans la cascade de lierre. Lepintre félicita son petit protégé et nous informa que le dispositif policier était en place tant à Chartres qu'à Orléans.

— J'ai commis une grave erreur, lança Krems. Cette correspondance aurait pu nous tuer tous les trois…

— Quel est le problème ? demanda Lepintre.

— Je savais d'où venait cette enveloppe avant de l'ouvrir. Il en connaît un rayon en pharmacologie, ce diable d'homme, et il a toutes les raisons de vouloir me faire disparaître. Simial et lui ne sont pas des tueurs à gages, des tireurs d'élite, ou des artificiers : le poison, seul coup ! De plus, cette référence au *Nom de la Rose* dans la première lettre, souvenez-vous : les pages du livre d'Aristote sont empoisonnées. Je vieillis. À l'heure du repas, mes bons amis, le risque que vous y passiez existait ! Pour preuve, je n'ai pas manqué de vous donner ce courrier à lire. Non ! J'aurais compris à la première piqûre, je ne vous aurais pas laissé manipuler l'enveloppe.

— L'énigme ! demanda le préfet.

— Elle implique la connaissance d'un paradoxe astronomique. *Période d'un désastre* doit se lire :

Période d'un des astres... un espace, un blanc, un rien à ajouter et la signification est toute différente ! ... *durant laquelle une révolution se résorbe dans le mouvement qui la cause !* Il parle de la Lune, pas celle de Pierrot, celle de Kepler ! On tient pour établi que cet astre n'est animé que d'un mouvement, si l'on excepte bien sûr le fait qu'il suit la terre dans sa course autour du soleil et que ce dernier fonce en direction de l'apex. Mais on s'en fout, revenons à nos moutons. Pour les terriens que nous sommes, la lune a une face cachée et boucle son cycle terrien en un peu moins de vingt-huit jours...

Le préfet intervint, l'air bizarre :

— Monsieur Krems, nous parlons bien de l'huissier de Chartres et de son frère aîné commissaire-priseur à Orléans ?

— Oui... Je sais que cela peut vous paraître étrange, mais je vais vous éclairer : pourquoi la lune ? Simplement parce qu'elle est animée d'un mouvement indécidable : la rotation sur elle-même. Elle ne tourne pas ! Pensez-vous, puisqu'elle a une face toujours cachée, c'est tout le paradoxe : pour ne pas tourner sur elle-même, elle doit être en rotation sur elle-même ! C'est comme ça. Imaginez : vous stationnez au centre d'un manège et vous ne quittez pas des yeux un chérubin assis en amazone qui vous regarde de face. Vous ne verrez jamais son dos ! Tandis que la mère du petit, qui le surveille du coin de l'œil, bien installée sur sa chaise, le verra sous tous les angles, si l'on excepte celui où, dans l'axe, vous l'éclipserez. La mère, située à l'extérieur du système, affirmera la tête sur le billot et preuve à l'appui que son moutard est animé d'un mouvement de rotation sur lui-même parfaitement synchrone avec celui du carrousel. Tandis que pour vous, qui observez du centre de la plate-forme, vous déclarerez : « croix de bois, croix de fer, si je mens je vais en enfer » : que le môme ne tourne pas sur lui-même ! Vous êtes, la mère et vous, tous les deux dans le vrai ! Vous pouvez affirmer : la lune tourne sur elle-même avec une période égale à celle de sa course autour de la terre et les deux mouvements sont parfaitement synchrones. Vous pouvez également ne pas en démordre et soutenir mordicus que la lune ne tourne pas sur elle-même ! Question de point de vue, de géométral. Pour un martien, la lune tourne autour de son axe, mais pas pour un terrien, qui ne croit que ce qu'il voit... Bref ! Pour que Saint Thomas ait pu voir la lune ne pas tourner sur elle-même, il fallait qu'elle tourne ! Ou, si vous préférez, ce mouvement qui n'est pas, doit exister pour ne pas être ! Rien d'hallucinatoire... Notez qu'au Moyen Âge, la Sainte Inquisition ne brûlait pas les fous, mais les allumés, ceux qui défendaient un point de vue de désaxé, au sens géométrique du terme !

— Au fait, je vous prie, demanda le préfet, qui ne contenait plus son énervement.

— Ce qui est relatif à la Lune a son adjectif : « sélène ». La période de notre satellite : presque vingt-huit jours ! Vingt-huit, l'Eure-et-Loir ! Tout le reste est dans l'annuaire : « Sélène », seul homonyme d'une quelconque chose lunaire dans le département. Enfin, « Sélène », il convenait de vérifier l'ultime rebondissement et saisir au cœur de cette image sonore « C'est l'aîné » ! Et du coup, vérifier que le Chartrain a un devancier du métier s'imposait !

— Vous allez à Chartres avec Lepintre ? nous demanda le préfet.

— Plutôt à Orléans, répondit Krems… Sandrin, pouvez-vous repousser d'un jour la parution de la lettre du psychiatre dans *Le Matin*, et annoncer dans un entrefilet la mort par empoisonnement de celui qui avait solutionné la première énigme ? C'est important !

Je regardai l'heure :

— Trop tard !

— Monsieur le divisionnaire, pouvez-vous faire en sorte que les radios, la télévision diffusent cette information ?

— Sans vous nommer, puisqu'il s'agit de quelqu'un de chez nous ! Je m'en charge, dit le préfet.

— J'expédie ma petite famille dans les Pyrénées illico. Nous avons toute la nuit devant nous… Lepintre, vous avez obtenu les noms des abonnés de la *Revue Internationale d'Astronomie* et une douzaine de noms d'abonnés « psy » aux revues échiquéennes. Des recoupements ?

— L'enquête sur les psy jouant aux échecs n'a rien donné. A priori, aucun des abonnés n'est concerné par notre affaire. La recherche n'a pas été simple, la base de données des revues ne prend pas en compte les professions. Nous n'avons que les noms et adresses. Le traitement informatique a été réalisé par France Télécom. Cependant, ils n'ont pu relever que les psy en activité, ceux apparaissant dans les Pages Jaunes. De sorte qu'un hospitalier, ou quelqu'un qui a abandonné la profession pour se lancer dans la confection pour dames ou la fourrure, n'est pas identifiable. Enfin, il faut savoir que les psychanalystes lacaniens, qui peuvent être ni psychiatres ni psychologues de formation, exercent leur activité sans aucune publicité. Parfois, ils n'existent même pas fiscalement en tant que tels. Du coup ils n'apparaissent ni dans les Pages Jaunes ni sur le Minitel à la rubrique « psychanalyste ». En conclusion, quand vous voulez savoir si un psy est lacanien, vous ouvrez l'annuaire par profession, et là c'est tout simple : tous ceux qui n'y sont pas le sont… Possiblement ! Vous voyez le travail ?… Infaisable !

— Étrange, dit le préfet, les lacaniens ne travaillent qu'au noir ?

— On se paye un psychanalyste comme on se paye une pute, le choix n'est qu'orificiel : l'oreille ou le fion !

— Je ne comprends pas, dit le divisionnaire.

— Se bombarder psychanalyste, se foutre dans les Pages Jaunes, l'écrire sur une plaque, revient à faire part d'un rapport pathologique au savoir en marquant que les places de chacun sont immuables et ce n'est pas le but du jeu ! Ces gens-là se reproduisent par le bouche-à-oreille.

— Il y a des psychanalystes qui ne sont pas lacaniens ?

— Bien sûr, mais ils ne sont que ça… non lacaniens ! L'homme que vous recherchez, lui, l'est ! Sa tournure d'esprit, sa touche, son style, le certifient plus sûrement qu'un diplôme.

Lepintre intervint :

— Nous avons relevé les noms des adhérents des diverses associations psychanalytiques, et nous les avons recoupés avec ceux des abonnés des journaux d'échecs : deux noms ressortent et ils sont hors de cause. Même traitement avec la revue d'astronomie, trois noms et rien à la sortie !

— Je ne suis pas surpris, dit Krems. Il fallait vérifier, mais ce docteur est trop malin pour pondre des énigmes indiquant qu'il s'intéresse aux jeux d'échecs ou à l'astronomie, tout en étant abonné à une revue spécialisée. Il y a une autre piste, plus sérieuse. Deux boutiques occupent ces créneaux à Paris, l'une d'entre elles se trouve rue Saint-André : *Fou prend H7* ! Une merveille, le patron est très sympa, il connaît tous les livres d'échecs français, anglais, russes ou serbo-croates… Il édite un catalogue à dix ou vingt mille exemplaires, vous devriez relever sa base de données… Il va couiner ! Il faut savoir le pratiquer : commencez par exiger une grosse remise et profitez de son état de choc pour lui demander les noms des psy qui sont clients chez lui. Sa mémoire est phénoménale, mais, le connaissant, je crains qu'il ne soit pas très coopératif… Attachez-le, bâillonnez-le et pendant que vous pomperez son fichier passez-lui mon bonjour. Parlez avec l'historienne qui travaille avec lui, elle a des anecdotes sur chaque client. Faites la même démarche avec le magasin d'astronomie Chavard-Evaut, rue… j'ai oublié ! Eux aussi ont un fichier, ils adressent un catalogue à tous les astronomes amateurs qui ont acheté quelque chose en payant par chèque.

— Et les adhérents des fédérations d'échecs et d'astronomie ? demanda le divisionnaire.

— Une perte de temps, répondit Krems, j'en suis certain. Ce type est dans la découpe, la mort, pas dans la vie associative !

Lepintre était au téléphone :

— Oui, Frémont, que des autochtones ? Relevez leurs noms et adresses. C'est déjà fait et rien de concluant… idem chez le frère ? Nous serons à Orléans dans deux heures, au maximum.

— Monsieur Krems, demanda le préfet, pensez-vous que nous tenons ces criminels ?

— … Sait-on jamais ! Mais j'ai un doute, la dernière énigme est si simple…

— Vous trouvez ?

— Elle ne résiste pas vingt secondes à un cruciverbiste que l'astronomie passionne. J'ai vérifié… Avant que nous filions à Tenon en catastrophe, j'ai questionné un ami qui jouait à une table : un champion de Scrabble, cruciverbiste, créateur de grilles. Ses connaissances sont encyclopédiques ; mais il n'entend rien au discours analytique… Vingt secondes pour trouver *lune* et murmurer *sélène* et sans même lever les yeux de ses cartes.

— Benjamin ! m'écriai-je.

— Vous le connaissez ?

— Les grilles du *Matin*... c'est lui ! Dès qu'il passe au journal, tout le personnel planque les gâteaux et le chocolat, sauf Anne-Sophie, l'économiste. Elle a tout essayé, jupes courtes moulantes et beaux dessous qu'on devine, décolletés provocants, toutes les couleurs de cheveux, les œillades… Rien à faire, il ne marche qu'aux sucreries ! Un jour, de guerre lasse, elle va se travestir en religieuse ! Le gâteau s'entend, et il est préférable de ne pas penser aux suites de cette inconséquence : une explosion orgiaque ! Pauvre petite, elle va se faire bouffer jusqu'au trognon, on ne retrouvera rien !

— C'est bien lui ! Son oralité tourneboule les femmes ! J'ai toujours pensé que mon diabète l'attirait irrésistiblement vers moi, surtout l'été, lorsque je caramélise !

— Mais pourquoi vouloir vous tuer, Krems ? corna le préfet.

— Parce que notre homme est angoissé : il a laissé passer quelque chose dans ses lettres, un lâcher, un mot insignifiant, un truc de trop. Ou peut-être s'agit-il de cette source d'informations que nous n'avons pas encore examinée ; les bases de données des deux magasins dont je viens de vous parler…

— Il risque de chercher à les détruire, dit le divisionnaire.

— Quelle mauvaise idée ce serait, rétorqua Krems… Comment imaginer que les responsables de ces deux entreprises, nécessairement des calculateurs, puissent ne pas avoir plusieurs copies de sauvegarde de leurs données… Trop de risques inutiles, assortis de la certitude que son nom est bien sur le fichier !

— Ou faire croire qu'il est fiché alors qu'il n'en est rien, ajouta le divisionnaire.

— Il prendrait le risque de se faire pincer la main dans le sac, dans le but de faire croire qu'il cherche à détruire une preuve qui n'existe pas ? Mais vous rêvez !

Les lumières de la brasserie s'éteignaient progressivement :

— Désolé, messieurs, nous fermons ! claironna le patron.

— Pas encore, répondit sèchement le préfet !

— Obligation préfectorale, messieurs… deux minutes !

— L'obligation préfectorale est changée… par le préfet en personne !

Le divisionnaire sortit sa carte de police, et désigna le préfet de la tête.

— Dans ce cas… Je ne laisse plus entrer, bien sûr ! Des cafés pour tout le monde ?

J'étais à l'arrière de la voiture avec Krems, tandis que Lepintre somnolait à la place du mort. Nous glissions sur l'autoroute déserte.

Je lançai à la cantonade :

— Tuer et cuisiner un huissier des pieds à la tête, amputer trois officiers ministériels et accommoder leurs membres pour réaliser une pièce montée, quelle folie !

— Quelle haine, me répondit Krems après un moment.

— Huissier de justice, tenez-vous cette profession pour haïssable ?

— Nul doute que leur fonction est essentielle dans les économies libérales : faire payer jusqu'à l'acquittement les dettes des autres est un choix professionnel singulier. Et les petits noms dont on les affuble : vautour, hyène… pourquoi des charognards, alors qu'ils ne touchent qu'aux biens ?

— On dit aussi vampire !

— Ouais, pourtant, les armoires, les bicoques, ne sont pas faites de chair et de sang. Une fois vos biens saisis et vendus, vous pouvez tout de même aller vous promener en sifflotant. Il me semble que ceux qui considèrent les huissiers d'une façon aussi ignominieuse ont un rapport inconscient pathologique à la propriété… Ces gens-là ne vous confisquent que les objets dont vous êtes propriétaire, jamais ceux dont vous n'avez que la jouissance.

— Vous comptez me les faire aimer ?

— Peut-être devrions-nous…

— On peut aussi jouir de ce dont on est propriétaire !

— On ne jouit que de ce qui ne nous appartient pas. Par définition, ce qui est à nous ne nous manque pas ! Fiez-vous à votre expérience de petit-bourgeois rangé !

— Je ne suis propriétaire d'aucune « bourgeoise », je loue mon appartement et je n'ai que des crédits !

— C'est ce que je pensais, vous êtes un jouisseur !

— Krems… on n'est tout de même pas huissier par vocation, il faut avoir tué père et mère pour faire un métier pareil !

— Pourquoi les deux ? mais on en reparle une autre fois, j'aimerais dormir.

*

Lepintre nous avait déposés dans un hôtel au cœur d'Orléans, à deux pas de la statue de la Pucelle.

À dix heures, nous sirotions tranquillement notre café dans la grande salle, en attendant sagement des nouvelles. Lepintre arriva, l'air défait, fatigué, les mains dans des gants de ménagère en caoutchouc rose. Il tenait un petit mot et son enveloppe sur laquelle était écrit : *À l'attention de l'inspecteur Lepintre et de monsieur Krems* ; le mot *personnel* était souligné des deux courbes parallèles inimitables.

Sur le bristol, l'image d'une rose et ces quelques mots : *Chapeau monsieur !… In pace, ou me lisez-vous ?*

— *In pace* ? demanda Lepintre

— Sans le trait d'union, une inscription sur une tombe, « En paix », une épitaphe.

— Il pense encore à moi, murmura Krems.

— Sandrin, j'ai préféré vous laisser hors du coup.

Vous avez été filmé et photographié de nombreuses fois, le journaliste local vous aurait reconnu. J'ai ordre de faire en sorte que Krems ne soit jamais pris en images en présence des forces de police. Le piège a fonctionné : nous avons arrêté un sans-le-sou recruté à six heures ce matin dans le hall de la gare d'Austerlitz par Simial… Huit cents francs, voyage payé, pour déposer la missive que vous avez sous le nez à l'adresse personnelle du commissaire-priseur. Rien à Chartres, évidemment. La nouvelle du décès par empoisonnement d'un psychologue de la PJ travaillant sur l'affaire est diffusée sur les ondes. Aucun commentaire, pas de nom.

Nous laissons ici et à Chartres des flics en civil, on ne sait jamais. Je crois que nous pouvons rentrer à Paris… Je me demande si cette lettre est empoisonnée, dans quoi pourrais-je la mettre ?

— Vous avez tout ce qu'il faut en main, lui répondit Krems. Tenez le courrier le poing fermé sans trop de fermeté et tirez le gant en le retournant, il se retrouvera à l'intérieur sans que vous ayez été en contact direct avec.

— Pas mal, lança l'inspecteur…

— Pour mon article de demain, inspecteur, une brève description des Sélène, l'Orléanais et le Chartrain.

— L'huissier a cinquante-deux ans, le commissaire-priseur dix ans de plus : deux grosses fortunes, deux éléphants de mer, grands, gros, gras et chauves. Mariés tous les deux à des dames patronnesses, une hommasse et une matrone. Ils ont trois enfants chacun : six filles. Ils sont terrorisés et risquent de mal dormir durant quelques semaines… Et il est particulièrement inopportun de leur conseiller de consulter un psy !

— Quel portraitiste vous faites. Je tiens mon article !

— Pas de blague, Sandrin. N'allez pas me griller ! Vous allez finir par y arriver ! Pourquoi ne pas vous contenter de publier l'énigme et sa solution… Parlez de l'efficacité de la police ! Nous avons grand besoin de remonter dans l'estime de nos concitoyens… Vous avez le feu vert du ministre.

— Inspecteur, vous méconnaissez les regards bienveillants sur Louise qu'ont les victimes des commandements à payer, des saisies-arrêts, des saisies des biens meubles et corporels. Avouez que cette dernière expression ne manque pas de sel ! Pensez à ce qui se dit, aux plaisanteries douteuses : « seuls les titulaires d'une capacité en droit, à condition qu'ils soient unijambistes et manchots, peuvent être membres à part entière… », et *La Cane*, qui a titré : « Un huissier victime d'une saisie conservatoire » ! Cette production cynique, très britannique, qui ne tarit pas grâce à vous, n'est-elle pas une compensation suffisante à votre défaillance de fin limier ?

— Sandrin, vous n'êtes pas drôle !

— Pardonnez-moi, je ne suis pas remis de ma soirée d'hier, et raconter tout ce qui me passe par la tête me soulage.

— Sandrin, je veux bien prêter mon oreille à vos

aveux, mais pour vos confidences, trouvez quelqu'un d'autre !

*

Je rédigeai mon article sur la route du retour. Lepintre conversait au téléphone avec le divisionnaire : « Tu as les fichiers clients des deux boutiques : quinze mille noms et adresses d'un côté et vingt et un mille de l'autre… Fichtre ! Combien de psy ? Le traitement est en cours… soixante personnes y travaillent… vingt minutes encore. C'est contrariant. Le psy ? Il a les yeux fermés… Il roupille ou il fait semblant ! Le ministre doit l'appeler… O.K., à tout à l'heure. »

Les informations à la radio faisaient une large place aux derniers rebondissements de l'affaire. Elles commentaient le mutisme de la police concernant le psychologue empoisonné, et les craintes du couple diabolique, qui avait judicieusement renoncé à commettre son crime du fait de la perspicacité des services pensants du ministère de l'Intérieur. Je jetai un sale œil à Lepintre dans le rétro :

— Comment savent-ils déjà ?

— Le service « communication » du ministère.

— Vous voulez dire « propagande » !

— Vieil anar ! Il n'y a qu'un flic tel que moi pour vous supporter… Avec les zigotos de la Culture, vous devez bien vous entendre !

— Je préfère les flics !

— C'est vrai ? me demanda Lepintre tout attendri… Vous ne plaisantez pas ?

— C'est le plus mal nommé des ministères : « culture », quelle farce ! Le mot juste est « spectacle » ! Et vous savez ce qu'a dit le poète : « Ne pas nommer les choses par leur nom participe à la misère du monde ! »

Krems ouvrit un œil et déclama :

— Sandrin, marrane de l'anarchisme ! Vos articles sont calibrés « petit-bourgeois de province bien-pensant » ! au point que vous ne sauriez être le horsain de la plus petite bourgade de notre belle France. Vous vous autocensurez dans votre canard, vous ne pestez jamais qu'*in petto*, et voilà que sans prévenir, en place d'un geste militant sacrificiel, vous agressez un fonctionnaire de police fatigué !

— Je collabore avec deux marginaux ! C'est pourtant vrai que je suis fatigué, soupira le flic.

Un téléphone sonna, trois mains dégainèrent. Krems avait été le plus lent, mais lui seul avait trouvé à qui parler :

— Bonjour monsieur le ministre… Hélas ! Je sais bien que vous comptez sur moi. Oui, j'ai bien dit que le psy avait commis deux erreurs, la seconde étant la plus grave… La seconde ? mais nous faire savoir que la première existe ! Je vis un calvaire, monsieur, je souffre de mentisme, les lettres défilent dans ma tête sans cesse, je songe aux énigmes, je pense au moindre détail que j'associe à d'autres mais je ne trouve pas, même en sachant que ce qui peut le perdre est sous mes yeux. Un poste dans un ministère ? Non ! la Légion d'Honneur pour Lepintre et Sandrin… Moi ? J'aimerais être exonéré de PV à vie !

Je murmurai :

— Savez-vous, Krems, que lorsque Napoléon a créé cette distinction, il l'a baptisée en privé du nom de « hochet » ?

— Je l'ignorais.

Lepintre chuchotait dans son portable :

— Combien de noms ? Quatre-vingt-huit psy sur la base clients de Fou prend h7, et cent neuf chez les astronomes. Deux noms se recoupent : un Toulousain et Krems, encore lui ! Et le Toulousain ? Un sexologue : Claude Chemèque… Krems veut un double des listes, ouais, il ne va pas tarder à procéder à sa propre arrestation !

Mon article était terminé : un long appel, Pierre était aux anges. Lepintre, qui avait écouté très attentivement ma dictée, afficha un air satisfait… J'articulai haut et fort :

— Oui, patron, Krems est libre ce soir !

— Comment ça, « je suis libre ce soir », s'écria-t-il stupéfait.

— Et comment ! Lhilienthall nous invite chez lui, il compte solder sa dette et je n'ai plus un sou, ni sur mon compte, ni en poche.

— Pfut ! Anarchiste et autoritaire, pesta Krems.

— Il serait extraordinaire, déclara Lepintre les yeux mi-clos, que Krems soit effectivement le psy qu'il fait mine de rechercher ! Je l'imagine scindé, divisé, plus parfaitement que Jekyll et Hyde ne l'étaient, chaque personnalité ignorant totalement l'existence de l'autre. Je dirais que je l'avais toujours pensé, que je guettais l'erreur de ce psychopathe. Nous écririons, Sandrin et moi, un livre policier qui serait un monument du genre… et on ferait un fric ! Je fonde beaucoup d'espoir en vous, Krems !

— La fréquentation de ce journaliste ne vous réussit pas du tout, inspecteur, répondit le psy.

— Où pensez-vous dormir ce soir ? lui demanda l'inspecteur.

— Chez mon frère.

— Vos parents…

— Ne me dites pas que vous ignorez tout d'eux. Parlez-moi de mes géniteurs, Lepintre, que je prenne la mesure de vos qualités d'investigateur !

— Je peux, vous êtes bien sûr ?

— Allez-y !

— Pardonnez-moi pour le désordre chronologique, mais je vous dis les choses comme elles me viennent : votre mère était dans la Résistance, le transport d'armes ; votre père rejoint les Forces Françaises Libres en Angleterre après un an passé dans les geôles franquistes. Communistes militants l'un et l'autre. Vos grands-parents paternels et la sœur de votre père ont été déportés à Auschwitz. Vos grands-parents y sont morts. Des déportés du côté maternel : un frère et une belle-sœur. Votre père est la victime d'un escroc en 57, il s'ensuit des poursuites et des saisies d'huissiers chez eux durant dix ou quinze ans. Ils ont fini par tout payer… jusqu'au dernier sou. Un refus de visa pour les USA en 59 du fait de leur appartenance politique… Un de nos psychologues pense que votre inaptitude à parler l'anglais vient de cette déception…

— Hum… pas con !

— Votre cadet, Olivier, est gastro… le genre de Sandrin, mais en plus caustique ! Enfin, ce commentaire personnel si vous le permettez : si vos parents apprennent que vous avez participé à l'arrestation de Louise Simial et de son complice, ils vont vous renier ! Krems, entre nous, durant votre enfance, vous avez vu plus d'huissiers que de Pères Noël ?

Krems rit jaune :

— Vous avez raison, Lepintre. Pas question que je me fâche avec ma mère, pas question pour moi de renoncer à jamais aux pieds de veau en gelée, au foie haché et à la carpe farcie cuisinés avec amour… Démerdez-vous avec cette chapardeuse de Simial !

— Krems, elle a également tué !

— J'avais oublié : c'est pas bien !

— Ne trouvez-vous pas, inspecteur, qu'il y a beaucoup de gelée dans cette affaire ?

— En effet Sandrin, je n'y avais pas songé ! Tous les ingrédients y sont. Krems est fait comme un rat !

Lepintre se ressaisit :

— Sandrin, pas de blague, ne rapportez pas mes divagations dans votre journal, ou je suis cuit ! Putain, je me lâche, vous me poussez à raconter n'importe quoi !

— Mince, musculeux, les traits fins, ne trouvez-vous pas que, travesti, notre journaliste ferait une parfaite Louise Simial ? demanda Krems à Lepintre.

— En effet... Ce ne serait pas la première fois qu'un journaliste fabriquerait l'événement pour en avoir le scoop ! Je ne vais peut-être avoir aucuns droits d'auteur à partager ! Blague à part, ce sexologue, Claude Chemèque, le Toulousain, un suspect selon vous, Krems ?

— Absolument pas !

— Toulouse est trop loin de Paris ?

— C'est une raison ! Mais surtout il est sexologue ! Nous recherchons un psy qui pense, un mec intelligent, un pervers raffiné, érudit, vous n'imaginez pas que vous allez le trouver parmi ces techniciens de la sexualité génitale, ces arithméticiens de l'érection, de la détumescence et des allers-retours ! Vous n'allez pas chercher ce type brillant parmi ces couillons qui pratiquent la conjonction calculée du bon objet fourré au bon endroit et au bon moment. Enfin, inspecteur, ces zigotos ne comprennent rien à rien ! Lorsque la génétique permettra à ces idiots d'emprunter à l'âne ce qu'il a d'admirable, c'est son chapeau qu'ils ramèneront dans leur lit !

Lepintre était songeur :

— Et vous, Krems, quel organe emprunteriez-vous à cet animal ?

— Les oreilles bien sûr ! Elles sont essentielles à la bonne tenue du chapeau.

— Vous porteriez un chapeau de paille ?

— Non, un chapeau de juif intégriste, de Loubavitch.

— Inattendu ! Vous avez l'air songeur soudainement : les Loubavitch, l'intégrisme religieux ?

— Je pensais au langage. L'homme se croit dégagé des comportements réglés de la biologie animale, des instincts, alors qu'il ne fait que s'aliéner dans un texte qui règle son comportement plus sûrement encore que ses gènes. La poésie, l'interprétation insensée, le sens de la métaphore, il faut un brin de folie pour ne pas être cliniquement fou, Sandrin. Il est des hommes qui ne sont que des petites choses noires, des chrysalides qui ne papillonneront jamais.

Et plus bas, sans que Lepintre puisse entendre, il murmura :

— J'aime ce couple assassin !

*

Le ciel était bas. Avant que la voiture ne plonge dans la grande descente au fond de laquelle l'autoroute du Sud s'évanouit, nous embrassâmes un instant la capitale. Le second étage de la tour Eiffel était absorbé par la couche. Il crachinait des gouttelettes au débit hors norme, aucune cadence des essuie-glaces n'était satisfaisante : un cran au-dessous et l'absence de visibilité s'éternisait, un cran au-dessus et une fois sur deux les balais produisaient un insupportable crissement.

— Messieurs, il est préférable que vous ne passiez pas à la PJ, il y a plein de journalistes, cameramen et photographes à l'entrée. Je suis très prisé ces temps-ci. Krems, j'examine la liste des psy clients de *Fou prend H7* et de *Chavard-Evau*, et je vous la refile dans la soirée chez les Lhilienthall. Ayez votre mobile à portée de main à vingt heures, que je ne perde pas de temps à chercher l'adresse de votre amphitryon.

— Ce psy exerce dans un hôpital, au maximum à deux cents kilomètres de Paris, affirma Krems.

Lepintre s'engouffra dans la voiture de police banalisée qui suivait la nôtre.

Le portable de Krems émit un son flûté. Il était content d'avoir réussi à programmer ce timbre innommable.

— Bonjour monsieur le préfet... J'ai eu le ministre, oui je comprends votre déception. Je cherche, et croyez bien que je ne suis pas indifférent au fait de trouver. Vous faites bien de me rappeler que ma vie est en jeu, ça me motive !

Krems écouta, ses silences étaient ponctués d'exclamations sourdes...

— Je vais trouver, mais je ne décide pas du moment ! Ses agissements sont désordonnés, il a fait des erreurs et il a peur. Il y a un gros risque de passage à l'acte de Simial dans les jours qui viennent. Ils vont tuer, pour conjurer leur destin, ce destin qu'il a lui-même scellé dans ses lettres... À plus tard.

Krems me regarda, défait, les lèvres pincées :

— Vous avez reçu un bristol du psychiatre : *Sandrin, pour un temps je renonce aux énigmes, je les garde pour moi ! Je vous adresserai la dernière après coup. J'ai encore quatre victimes programmées !*

— Krems, pensez-vous que ce type croie en Dieu ?

Il éclata de rire :

— Drôle de question !... Il connaît la preuve ontologique de son existence... La sœur d'Aristote, qui était muette, n'a ouvert la bouche qu'une fois dans sa vie, pour dire : « Ce qui n'existe pas existe, puisque je peux le nommer » et elle est morte aussi sec ! Son frangin n'en a pas cru ses oreilles ! Ne trouvez-vous pas que cette pensée est diablement religieuse ?

— Krems, vous êtes le diable, le criminel c'est vous, j'en suis sûr !

— Chut ! On pourrait vous entendre. *Diabolus*, signifie deux morceaux... Voyez-vous, les énigmes de ce bonhomme, je les réinvente plus que je les solutionne. Sandrin, laissez l'alchimiste que je suis mitonner jusqu'au bout son grand œuvre et vous ne serez pas déçu, promis !

Je décidai de prendre le métro. Je donnai à Krems l'adresse de notre rendez-vous du soir.

*

Pierre, très contrarié, monologua :

— Une énigme pour quatre victimes, mais où on va ? Le contraire aurait été plus profitable pour nous ! Ce matin, dans la voiture, lorsque j'ai entendu les informations, j'ai bien cru que Krems était mort !

Tu aurais pu me téléphoner hier soir… tu as dû avoir une peur bleue ! Demain on tire à six millions, *Sélène* est une bombe ! On ajoute quelques mots sur l'énigmatique psy empoisonné : les secrets font vendre ! Pour l'instant, nous ne devons pas publier le petit mot que tu as reçu, ordre du ministre. Il ne veut pas de panique chez les officiers ministériels : « notre devoir de réserve, nous ne devons en aucune façon nuire à l'enquête… » et je t'en passe.

Pour l'édition de demain, nous avons notre compte de « sensationnel », mais pour après-demain ? Tu n'oublies pas notre dîner chez Lhilienthall : il y a de la promotion dans l'air pour toi !

Pierre s'étonna :

— Tu ne m'as pas répondu !

— Quelle était la question ?

— Crois-tu que notre mécène a gobé la mort de Krems ?

Il ne fallait jamais dire à Pierre qu'il n'avait pas posé de question quand il attendait une réponse : elle était nécessairement implicite dans son propos. Une telle remarque nous valait des paroles désobligeantes sur notre inaptitude à entendre derrière les mots et à lire entre les lignes. Je tenais ce producteur d'« endo-coke », ce mutant, pour un déjanté sans éthique, mais depuis deux ans qu'il occupait ce poste, pas un employé du journal n'avait été viré pour quelque motif que ce fût, et le tirage était régulièrement monté sans que les collègues aient vendu leur âme plus d'un jour sur deux. Après une longue période d'adaptation, j'avais fini par aimer cet arriviste.

— Je ne sais pas, Pierre, il a toutes les raisons de le croire, mais cet homme est si imprévisible !

Pierre m'adressa un clin d'œil particulièrement lourdingue et ajouta en s'éloignant :

— Tu me connais bien, vieux briscard ! Hier soir, tu as très bien fait de ne pas mourir !

Je n'avais aucune raison de m'attarder au journal, des confrères suivaient heure après heure l'état de santé des trois perclus. Les familles étaient muettes, et les médecins alignaient des paroles vides agrémentées de mimiques et de silences anxiogènes.

Sur le bureau voisin, un hebdo d'illettrés accumulait les images de manchots, unijambistes et culs-de-jatte et présentait les différents types de prothèses. Des handicapés rayonnants servaient sans le savoir de béquilles au responsable « communication » d'un fabricant de bras et de jambes articulés. Page après page, des miracles en série, des « avant et après », une suite de misères insoutenables et de joie de vivre retrouvée. On devinait les rédactionnels publicitaires, les accords commerciaux entre des marchands et le magazine.

Alto-séquanais, les Lhilienthall habitaient un hôtel particulier somptueux. Leur salon faisait trois fois la surface de mon appartement. Le mobilier était ancien et à l'évidence d'époque, les tableaux et les tapis aussi. Partout des bibelots hétéroclites, quatre clubs marron, énormes et profonds, au cuir usé par le temps. Une bibliothèque occupait tout un pan de mur. Le piano à queue acajou cerné de partitions ne devait pas servir qu'à la décoration.

L'ambiance était détendue, amicale. Les cent mille francs que Lhilienthall avait à débourser n'entamaient pas le moins du monde sa bonne humeur. Sa femme était particulièrement émoustillée. Albertine, pomponnée, avait abandonné sa tenue de garçon pour une jolie robe aux couleurs d'automne. J'aurais parié qu'elle portait plutôt des bas que des collants. J'aurais parié qu'elle attendait l'absent.

— Ce matin, ma femme et moi avons été très choqués en entendant les informations, me dit Lhilienthall Nous avions compris que le psychologue empoisonné était Krems. Albertine nous a téléphoné dans tous ses états. Pierre nous a tout raconté : la lettre, la panique, l'hôpital Tenon, la carte musicale imbibée de cyanure, vous avez dû avoir la peur de votre vie !

— J'étais tétanisé, monsieur… tétanisé !

— Laissons les « monsieur » de côté si vous êtes d'accord, appelons-nous par nos prénoms.

Pierre m'a fait lire l'article à paraître et l'énigme. Trouver *lune*, *sélène*, *c'est l'aîné* et pour finir, un commissaire-priseur à Orléans ! Il est spécial, votre ami. Et l'androgyne, phénoménal ! Comment ne pas imaginer que l'auteur de ces devinettes et celui qui les résout sont un seul et même homme !

Sa femme bondit :

— Ne sois pas mauvais perdant !

— Si ce n'est lui, c'est donc son alter ego, stricto sensu ! Que dit Krems des joueurs ?

— Une réflexion étrange, une fois, à son cercle. Je ne lui demandais rien, il m'a dit : « Les joueurs de poker et de casino sont des merdes sublimes ! » et il est passé à autre chose.

Albertine, aux aguets, sursauta. Une voiture se garait dans la cour. Krems fit une entrée tristounette, il avait un regard éperdu.

— Je suis content de vous voir, lança-t-il à la cantonade.

Nulle civilité, il pensait certainement ce qu'il disait.

Lhilienthall sortit une liasse d'un tiroir.

— Vos gains, dit-il.

Krems fit des tas : « vingt-cinq mille à Line », « quinze mille à Sandrin », « dix mille à Albertine ». Il rendit à Lhilienthall la somme qui lui revenait :

— J'ai un service à vous demander, je ne connais rien à la bourse, ayez l'amabilité de m'acheter des titres de votre groupe pour ce montant.

— Nous avons gagné dans votre main contre Octave, mais perdu contre vous, dit Albertine... Nous devons vous payer à notre tour !

— C'est juste, dit Krems. Je propose que chacun verse le montant de ce qu'il me doit à une œuvre de bienfaisance.

Pierre lança :

— On va vous reprocher d'être généreux avec l'argent des autres, Krems.

— Vous croyez ça... Vous avez joué contre moi cent balles à cinquante contre un : aboulez cinq mille !

— Je peux vous faire un chèque ?

— Oui.

— Vous semblez fatigué, lui dit tendrement Albertine.

— Je suis las, j'ai joué aux échecs, des parties rapides à la pendule, deux minutes chacun… plus de trente parties d'affilée ! C'est le truc le plus efficace que je connaisse pour ne plus penser, pour tout oublier un temps.

Il ajouta à la cantonade :

— Les psychiatres disposent d'un arsenal thérapeutique impressionnant : somnifères, anxiolytiques, antidépresseurs, sédatifs, inhibiteurs et désinhibiteurs… Mais savez-vous qu'il n'y a rien dans la pharmacopée qui procure l'oubli ! Est-ce un oubli, ou n'y a-t-il pas de demande ?

Un vieux majordome stylé slalomait au ralenti un plateau à la main et servait des boissons à qui en voulait. La femme de Pierre était en beauté, je guettais sa petite langue : cette bouche en cul de poule qui labialisait le moindre son me troublait.

Lepintre surgit, les traits tirés, épuisé, absent, les yeux larmoyants. Il tenait à la main un listing. Sombrant dans un fauteuil, il le laissa tomber sur le tapis.

— Que vous arrive-t-il ? lui demanda Krems.

L'inspecteur hoqueta. Il se leva brusquement, s'empara du premier verre qui lui tomba sous la main et déglutit avec peine tout ce qu'il contenait. Submergé par l'émotion il bafouilla :

— Frémont… Frémont et l'huissier sont morts il y a dix minutes.

L'assistance resta muette. Je tendis un autre verre à Lepintre, il le but maladroitement, indifférent à son contenu.

— Racontez-moi, inspecteur, demanda Krems avec douceur.

— Frémont était de garde au domicile de Sélène, à Chartres. Un coursier, recruté comme les précédents, a porté, soi-disant de ma part, une lettre urgente adressée à l'huissier. Frémont la lui a donnée, Sélène a ouvert l'enveloppe et a lu un mot gribouillé insignifiant et pas très clair : il a tendu la lettre au petit en lui demandant ce que je voulais au juste… dix minutes après, Sélène et Frémont mouraient de concert. Le papier était saupoudré de cyanure… Je pars pour Chartres !

— Restez plutôt ici, lui dit Krems en rapprochant son fauteuil. J'ai besoin de vous, et de vous également Sandrin.

Il me fit signe d'approcher. Krems sortit de sa veste les copies des lettres du criminel et demanda à la femme de Pierre de les lire à haute voix.

— Trouvez quelqu'un d'autre, dit-elle tristement, je lis mal. Enfant, j'étais dyslexique, j'ai un défaut de prononciation, tous les jours de ma vie on s'est moqué de moi… si vous saviez…

— Je sais, madame, et c'est précisément pourquoi je vous demande de lire ! Ce défaut, votre dyslalie, m'est utile pour entendre différemment ce que j'ai lu mille fois sans parvenir à y relever un élément essentiel. C'est un immense service que je vous demande : procédez sans complexe, sans vous excuser, vous n'imaginez pas à quel point j'ai besoin de vous. Je vous interromprai sans doute souvent pour vous demander de relire.

Sa lecture, pénible, hachée, était celle d'une fillette de six ou sept ans. La pauvre femme vivait un calvaire. Lepintre et Krems avaient les yeux clos. Elle lut et relut deux heures durant. Parfois, le psy lui demandait de sauter cinq ou dix lignes et juste après de reprendre quelques lignes plus haut. Moi, je n'entendais rien et je m'en voulais de rêvasser. À un moment, laminée par sa lecture, elle posa les lettres sur ses genoux et regarda Krems avec des yeux de chien battu :

— J'ai tant souffert de ce handicap, si vous saviez... Vous voyez, « handicap » je le prononce bien, « 2,2,4 » aussi, mais « deux cent vingt-quatre » j'ai du mal à le dire, « Andromède », vous entendez, j'y arrive... Le pire c'est « mi... nuit », ce mot est incompréhensible sortant de ma bouche.

Krems, médusé, marmonna :

— « Andromède » vous y arrivez, alors que « minuit »...

— Heureusement, il n'est écrit qu'une fois, ajouta-t-elle rougissante.

Krems se dressa brusquement, lui attrapa le coude pour l'inviter à se lever et la serra fortement dans ses bras. La petite langue rose sembla sortir sous la pression de l'étreinte et humecta les joues de Krems. J'eus un frisson. Le psy lui parla dans la bouche :

— Merci mille fois. La petite fille que vous avez été est toujours présente chez la femme que vous êtes : grâce à vous, je crois bien que nous allons mettre la main sur les criminels !

— Grâce à moi ?

— Oui… Lepintre, je pense avoir la clé, je dois vérifier. Allez dormir.

— Je ne peux pas, rétorqua le flic, c'est impossible !

— Lepintre, de quels moyens d'investigation disposez-vous à une heure pareille ? Il me faut des noms d'hôpitaux, de services, de soignants…

— Sans limite… Tout ce que vous voudrez… Krems demanda au maître d'hôtel d'appeler son chauffeur.

Il lui tendit un trousseau de clés :

— Allez à mon domicile, il n'y a personne. Au fond du couloir, dans la dernière pièce à droite se trouve mon bureau. Cherchez une carte céleste rigide. Dessus, en gros, est écrit « Aequinoctium ». Vous ne pouvez pas la louper : cinquante centimètres sur cinquante, elle s'ouvre. À l'intérieur, une partie fixe qui représente le ciel et une partie mobile transparente. Portez-la à la PJ, chez Lepintre… À mon domicile, n'allumez pas, servez-vous d'une lampe de poche. Ramenez avec mille précautions le courrier glissé sous la porte… Enfin, vous allez penser que je suis parano, mais je ne suis pas convaincu que notre empoisonneur ait gobé l'histoire de ma mort. Par sécurité, ne touchez pas, après avoir ouvert, la partie de la clé qui est entrée dans la serrure.

— Raffiné, dit Lepintre, qui avait repris des couleurs.

— Vérifiez qu'aucune petite épine ou bout d'aiguille ne soit piqué ou collé dans la poignée de la porte. Regardez avant de toucher. Mettez des gants en cuir épais !

— J'en ai une paire, dit le majordome.

Krems me conseilla de me reposer et de finir la soirée chez les Lhilienthall, mais je déclinai sa proposition. Mon esprit était en ébullition et j'imposai ma présence. Pierre, en douce, était parvenu à modifier la première de couv' du canard. Krems s'excusa de devoir s'éclipser. Albertine lui attrapa le bras et lui susurra quelques mots à l'oreille : un temps, elle resta silencieuse, penchée sur lui. On sentait qu'elle résistait au désir de fourrer son nez dans son cou. Krems approuva ou consentit en hochant la tête.

Le gyrophare signalait que le conducteur était totalement affranchi du code de la route. L'idée de mettre la main sur le couple infernal avait légèrement requinqué Lepintre. De temps à autre, dans le noir, il essuyait ses yeux du revers de la veste. Tout à sa peine, il ne posait aucune question.

Il nous demanda si nous voulions prendre dix minutes pour nous poser dans le café où nous nous étions rendus la veille.

Le flic avait le regard perdu, nous respections son silence. Incapable d'avaler quoi que ce soit, il laissa refroidir son café sans détacher ses yeux du profil de Notre-Dame. Il articula soudainement en martelant ses mots :

— Krems, je veux ces deux enfoirés !
— Alors, au boulot !

*

Krems manipulait un objet étrange : la représentation plane et circulaire du ciel de l'hémisphère Nord. « Un astrolabe », nous dit-il. Sur la partie fixe, étaient représentés les constellations, la Voie lactée et des milliers d'étoiles. J'avais Andromède sous les yeux. Une ellipse. Axé à côté de la Polaire, un curseur étalonné de plus 90° à moins 50°. À la circonférence de la partie fixe étaient inscrits les douze mois de l'année, des petits traits marquaient les jours. La circonférence de la partie mobile était étalonnée de zéro à vingt-quatre. Les heures étaient fractionnées de six gros traits et entre chacun d'eux, dix marques plus petites : je devinais les minutes. L'objet était beau, mais me semblait incroyablement compliqué à utiliser.

— Quel jour sommes-nous ? demanda Krems en manipulant la curiosité.

— Le 2 octobre répondit Lepintre… le 3 plutôt, il est minuit passé !

— Il me faut la liste de tous les hôpitaux et cliniques psychiatriques de Paris et de la banlieue… Tous les noms jusqu'à deux cents kilomètres de Notre-Dame !

— Pensez bien que je l'ai, répondit Lepintre en brandissant un listing.

La sonnerie du téléphone l'interrompit.

— Monsieur le préfet, je suis effondré. Le ministre et le divisionnaire sont avec vous... Krems et Sandrin sont ici, oui, je vous le passe.

Krems agrippa l'appareil :

— Je vous rappelle dans un moment... Une heure tout au plus.

Il raccrocha brutalement.

— Un hôpital ou une clinique du nom de Saint-Gérard sur votre liste ?

Lepintre chercha :

— Oui... dans l'Aisne, une clinique dans un trou perdu.

— Il me faut les noms des toubibs de cet établissement.

Lepintre parlait au téléphone. Soudain il explosa :

— J'en ai rien à cirer monsieur, hurla-t-il, je sais que j'appelle chez vous et que votre bras fait deux mètres de long ! Considérez que ce sont les ordres du ministre de l'Intérieur... trente minutes, vous avez trente minutes ou je vous brise, aussi important que vous soyez, je vous brise, compris ? Réveillez les informaticiens... démerdez-vous ! Une demi-heure ! Voilà mon numéro... J'attends !

Il raccrocha rageusement.

— Inspecteur, dit Krems, j'ai une requête à vous adresser...

— Allez-y.

— Si j'ai pensé juste, nous tenons ces deux démons, mais vous ne trouverez rien sur place, aucune preuve... Je suis persuadé qu'il ne traîne strictement rien qui permette de confondre notre homme, et il ne dénoncera jamais Simial... Vit-elle dans la clinique ou dans un coin perdu de cette campagne, ou dans une chambre à Laon ? Le temps qu'il vous faudra pour la dénicher vous coûtera un baroud d'honneur... quelques vies, ou son suicide sans le moindre aveu. Laissez-moi deux heures avec lui avant d'intervenir !

— En qualité de quoi iriez-vous le voir ?

— Patient, ou représentant d'un laboratoire pharmaceutique...

— Avec un émetteur caché.

— Non ! Ce truc va me déstabiliser.

— Un système d'alerte alors... Vous appuyez sur un bouton et nous débarquons.

— D'accord, pour vous faire plaisir.

— Et si Simial tue demain ! Nous ferions mieux de nous y rendre tout de suite !

— Aucun risque, croyez-moi.

Lepintre répétait et notait tout ce que son interlocuteur lui disait. Ils sont cinq psychiatres... trois plein-temps, une femme... Épelez !... Avant de raccrocher, le flic mit les points sur les i :

— Vous vous doutez que ma demande concerne l'affaire qui fait la une : le préfet de police, le ministre de l'Intérieur, vous et moi sommes seuls au courant... Une indiscrétion, monsieur, serait d'une gravité extrême, et elle ne saurait venir que de vous... Quoi ! Vous comptez vous plaindre ? Priez le bon Dieu de ne pas avoir une bonne raison de le faire !

Lepintre manqua de briser le combiné en raccrochant.

— Il ne nous reste qu'à comparer ces cinq noms avec ceux de la base de données des deux magasins, déclara Krems : ils sont classés alphabétiquement, c'est un jeu d'enfant. À vous, messieurs ! Il nous tendit à chacun une liste : j'avais celle des joueurs d'échecs.

Je finis le premier. J'étais bredouille. Lepintre replia son papier sans piper mot.

Le nez écrasé à la vitre, enfumé, Krems attendait nerveusement un cri, un « eurêka ! » pour se retourner. Lepintre avait trouvé, il me fit un clin d'œil accompagné de ce mouvement du pouce qui vouait le vaincu à la mort dans les jeux romains. Puis il se referma comme une huître et afficha un air sombre particulièrement convaincant et marmonna :

— Personne, merci quand même Krems d'avoir essayé. J'appelle le préfet, je rends mon tablier.

Krems lui fit face, atterré, livide. Il bredouilla, l'air ahuri :

— Personne… Merde !

Lepintre composa un numéro.

— Monsieur le préfet… Lepintre. Nous tenons un suspect !

J'entendis Krems grommeler : « Il bluffe bien cet enfoiré ! »

— Oui, monsieur le préfet… le docteur Louis Laiderman, clinique Saint-Gérard à Lisson, dans l'Aisne. Je ne sais pas d'où Krems le sort ! Une alchimie qui m'échappe, monsieur… Un client du magasin d'astronomie… Trois voitures, nous serons six de la maison, nous partirons à cinq heures. Tout de suite, monsieur.

Il tendit le combiné à Krems.

— Ce n'est qu'un suspect, monsieur le préfet, rien de plus ! Attendez demain pour vous réjouir…

Il raccrocha.

— Une question, Krems, dit l'inspecteur : comment peut-on sortir un nom de clinique d'une carte céleste ?

— Dormons deux heures, je vous le dirai demain, je suis épuisé. Louis Laiderman, Laiderman… L'index de Krems martelait ce nom, il comparait le listing et les cinq patronymes écrits de la main de Lepintre. Il marmonna : il y avait deux entrées pour le piéger !

— Ah ! Vous ne doutez pas que…

— Il se peut que je sois à côté de la plaque ! Demain, de la voiture, il faudra que vous obteniez quelques renseignements : son âge, sa situation de famille… Où dormir, ici ?

— Il y a tout ce qu'il faut à la PJ, répondit Lepintre.

Il donna des ordres à un jeunot :

— Il me faut trois voitures confortables banalisées à cinq heures moins le quart… Cinq gros bras ! Pas des têtes, hein, des bras ! Cherche ce qu'il y a dans nos fichiers concernant Louis Laiderman, psychiatre… Couche d'abord ces messieurs.

*

Lepintre briefait trois jeunes gens d'allure sportive et deux autres plus âgés : ils avaient tous un porte-flingue sur le cœur.

— Que des droitiers, chuchota Krems, le nez dans sa tasse… C'est pas mal ici : le lit était confortable, il y a des douches et même des cartes !

Trois Safrane noires aux vitres teintées stationnaient dans la cour intérieure, leurs pots d'échappement soufflaient une brume grise qu'un vent léger dissipait. Lepintre nous fit part des informations qu'il avait glanées :

— J'ai tiré du lit un collègue limougeaud à la retraite : Laiderman a quarante-sept ans, taille moyenne, mince, grisonnant, cheveux frisés… divorcé il y a huit ans, pas d'enfant. Toute sa famille est originaire de Limoges, il y est né, il y a fait ses études de médecine et son internat. Quatre générations se sont succédé à la tête d'une petite fabrique de porcelaine : un magasin de gros à Paris, rue de Paradis, comme il se doit. L'affaire familiale a sombré au début des années quatre-vingt. Parents ruinés, son père s'est suicidé un an plus tard… lorsqu'il s'est précipité du cinquième, son fils était au pied de l'immeuble. Sa mère n'a pas survécu au chagrin. Il a travaillé la nuit pour financer ses études. Dans un moment, j'aurai les noms des huissiers et commissaires-priseurs qui se sont occupés de la liquidation de biens des Laiderman. Une chose est sûre, à Limoges comme à Paris, tout ce qu'ils avaient y est passé. Il est fils unique. Enfin, il a un logement de fonction dans la clinique où il travaille.

Lepintre fut interrompu par la sonnerie de son portable. Il prit des notes en faisant la moue :

— J'entends bien, monsieur le divisionnaire : ni les morts, ni les mutilés n'ont pris part, de près ou de loin, à la liquidation du patrimoine des Laiderman… C'est très contrariant !

— Vous avez entendu, dit l'inspecteur, en affichant quelques rides : les morts et les mutilés n'ont rien à voir de près ou de loin avec la liquidation des biens des Laiderman. Possible que vous vous soyez fourvoyé ! Vous nous expliquez comment le nom de Saint-Gérard est sorti de votre carte céleste ?

— Ne prenez pas ce que je vais vous dire pour argent comptant… Il se peut que je sois tombé juste, mais il est possible que je sois totalement à côté de la plaque. Lorsque le psy a écrit sa première lettre, celle qui accompagnait le corps cuisiné de Lebuc, il a signé *224ment vôtre : Andromède... ment vôtre*, suivait, comme dans une lettre d'amour, l'heure à laquelle on a fini d'écrire ou des petits points, qui signifient que ce mot de la fin n'est pas le mot de la fin, que tout reste à dire. On reconnaît les lettres d'amour à ça : elles ne font que commencer ! Vous voyez le genre : je t'aime, je t'aime… suivent les petits points. Lui a écrit : *minuit* ! Mon attention n'a pas été tout de suite attirée par ce « minuit » ; or, cet homme ne fait pas de remplissage. « Minuit » lui a échappé, comme il m'a échappé. Quand il a signé, il n'a pas su qu'il avait écrit une lettre d'amour à la Mort assortie d'une offrande. Vous pensez qu'il avait peut-être en tête le poncif « Minuit, l'heure du crime » ? Il avait tout autre chose à l'esprit, « Minuit » suivait Andromède ! Non pas la constellation, mais la galaxie. Regardez sur cette carte céleste la nébuleuse M.31, N.G.C.224. Sachez qu'elle est une seule fois dans l'année au plus haut dans le ciel, autrement dit sur le méridien, à minuit pile…

— Et quand est-ce ? demanda Lepintre.

— La nuit prochaine.

— Grand Dieu, marmotta Lepintre, nous sommes le trois octobre, c'est la Saint-Gérard ! Ce type est timbré ! Pourquoi avoir écrit « minuit » ? Je ne comprends rien à votre explication ! Pourquoi Andromède ?

— Aucune idée. Une petite en réalité, mais pour le moment insatisfaisante.

— Avant d'aller dormir, vous avez marmonné : « Deux entrées pour le piéger… »

— On en reparle ! Quelle écoute, inspecteur…

— Ouais, j'ai la comprenette difficile, mais j'ai une bonne audition. Et « J'aime ce couple assassin… », je l'ai rêvé ?

Krems fit la moue et se gratta le vertex. Lepintre lui demanda, le sourire aux lèvres :

— Alors, comment voyez-vous les choses ?

— Nous ne sommes pas loin d'arriver, vous allez me laisser dans la ville voisine… Il n'est pas question que les quatre voitures stationnent devant la clinique… Je compte téléphoner pour prendre rendez-vous… Une urgence. Avant cela, obtenez deux noms : celui du directeur du centre d'assurance sociale d'une grande ville du département, et celui d'un médecin généraliste ayant une très grosse clientèle à Laon, un de ces praticiens dont les secrétaires de clinique entendent très souvent le nom… Avec ça, je devrais obtenir un passe-droit. Il se peut que Laiderman ne reçoive pas aujourd'hui, ou que son carnet de bal soit complet.

Cinq minutes passèrent.

— J'ai vos informations, dit Lepintre en replaçant son portable dans la pochette déformée de sa veste :

— Jean Pottilier à Soissons, et le docteur Fliguelier à Laon.

— Huit heures, une clinique, ça se tente, dit Krems en haussant les épaules, je téléphone… Bonjour ! Le docteur Laiderman consulte-t-il aujourd'hui ? Sur rendez-vous ? Une place ce matin ? C'est urgent madame… oui, je suis suivi par le docteur Fliguelier à Laon, c'est par lui que… dix heures ! Merci beaucoup… André Salmacis…

Krems rangea son portable et lança :

— Que diriez-vous d'un café ?

Nous avions sous le nez une lavasse fumante. Boire impliquait un choix douloureux que Lepintre résuma d'une phrase lapidaire : « Buvez-le vite, la brûlure fait passer le goût ! » Nous sirotions sur une table de cuisine recouverte de lino, entourés d'articles de bazar, et d'un peu d'épicerie. Lepintre tournait le dos au coin tabac et aux journaux. Je lus le nom de Frémont, Krems acheta en catimini les trois numéros en vente et les fourra dans son manteau.

Lepintre sortit de ses pensées :

— Vous avez rendez-vous à dix heures, il vous recevra à onze heures au maximum. Nous débarquerons donc à midi au plus tard... Gardez votre portable branché. Mettez cette montre : en appuyant fortement sur le verre, vous déclencherez une sonnerie ici... Vous appuierez au moment où vous entrerez dans le cabinet de Laiderman et une seconde fois si les choses tournaient mal. Nous stationnerons non loin. Votre boulot : obtenir de quoi le confondre, rien de plus... Vous n'êtes pas flic, compris ? Pas le moindre risque !

Krems disparut au volant d'une des voitures. Lepintre murmura :

— J'ai fait une connerie en acceptant sa proposition... Pourvu qu'il ne se fasse pas massacrer !

Il lança des ordres :

— Vous deux avec moi, l'autre voiture à deux kilomètres. Vous attendez mes instructions ! Sandrin, on y va !

Neuf heures et demie : nous stationnions sur le parking d'une station service, à huit cents mètres de l'entrée de la clinique Saint-Gérard.

Une longue structure moderne de quatre étages faisait face à un grand manoir qui devait dater de la fin du siècle dernier. L'ensemble était enserré dans une camisole, un grand mur qui n'avait que deux failles : un portail aux grilles denses et sombres commandé électroniquement, et une porte au perron de la bâtisse. Desservie par une petite route à la courbure parfaite, l'entrée de l'établissement coïncidait avec le sommet de cette hyperbole. De l'endroit où je me trouvais, il semblait que le chemin, à son point d'aboutissement, avait décidé de repartir dans l'autre sens, à l'infini. Mes pensées s'enchaînèrent, libres et aliénées comme le lierre qui tentait de faire le mur de l'établissement. Je me remémorais *Faust*, Méphisto disant : « *C'est une loi des diables... qu'ils doivent sortir par où ils sont entrés. Le premier acte est libre en nous, nous sommes esclaves du second...* » Tous ces pauvres diables à la mémoire effacée. Qui sort de là ?

Les lignes qui suivent associent ce que Krems a bien voulu me raconter et la conversation enregistrée sur le magnétophone de Laiderman.

Une femme, les yeux inquiets, était assise dans la salle d'attente, le regard plongé dans le mur comme dans le noir d'un tunnel. Une autre, les yeux révulsés, semblait fixer le plafond contre sa volonté : elle devait plonger la tête vers le bas pour regarder droit devant, ses mains tremblaient et une salive épaisse dégoulinait de sa bouche. Je pensai à quelque camisole chimique à l'effet sialagogue, une de ces substances qui soulagent les institutions asilaires en donnant à voir les images folles des délires qu'elles font taire.

La porte du cabinet s'ouvrit sur un médecin en costume de velours marron, proche de la cinquantaine, grisonnant, frisé, l'air abattu et le regard las.

Il s'adressa à Krems :

— André Salmacis, est-ce vous ?

Je refermai Le Matin *sur lequel il avait porté les yeux. Pas de sursaut : peut-être un léger étonnement au moment où je passai devant lui.*

La porte du cabinet se referma : j'avais préparé une histoire de phobie de l'empoisonnement, de pratique compulsive du jeu d'échecs. J'habitais Laon depuis peu, j'enseignais les mathématiques dans un cours privé dont j'avais relevé le nom dans l'annuaire.

Un « bip » retentit dans la voiture :

— Il y est, murmura Lepintre, il y est !

Laiderman m'invita à m'asseoir d'un geste aimable, et avant même qu'il ne prononce un mot, je dis :

— Ils sont cognés, vos patients ! Avec quoi ?

Il répondit machinalement en se laissant tomber dans son fauteuil :

— Des psychotiques hospitalisés épisodiquement : pour ce qui les concerne, les neuroleptiques sont incontournables et donnent de bons résultats !

Je ne réprimai pas ma pensée qui tenait en un soupir :

— Hélas !

Il sursauta, me regarda fixement un long moment, puis reprit, songeur :

— Dire tout ce qu'il y a à dire en une interjection : « Les neuroleptiques donnent de bons résultats... hélas ! » André Salmacis, votre nom me dit quelque chose, mais je ne sais plus... Il ne s'agit pas d'un patient, bien sûr !

— Peut-être avez-vous entendu parler de la fontaine ?

— Je ne crois pas. Je travaille avec un magnétophone, si vous y voyez un inconvénient, je le coupe...

— Non, mais je tiens ça pour une fausse note ! Salmacis : la fontaine dans laquelle est né le premier hermaphrodite...

Laiderman resta impavide.

— Qu'est-ce qui vous amène, monsieur ?

Je ne répondis pas et me levai. Sur le mur, une photographie céleste attira mon attention. Je l'examinai sous tous les angles et soupirai :

— Les constellations de Céphée et Cassiopée... Il est rare de voir une photo grand champ de ce coin du ciel, faible grossissement et fort temps de pose... vingt minutes au moins. Bon guidage, le dérapage est nul, ça se voit, les étoiles sont ponctuelles. J'ajoutai, en pointant de l'index l'astre le plus lumineux de l'image : et là, cette fontaine de lumière !

Laiderman bredouilla :

— Figurez-vous que ce sont mes mots quand je parle d'elle...

— « Alderamin », l'étoile principale de Céphée, le père d'Andromède... Et ce nom est l'anagramme du vôtre !

— Oui... Trente minutes de temps de pose, une nuit noire, sans lune, aux environs de vingt-trois heures.

Je m'assis : nous nous regardâmes en chiens

de faïence. Je tirai une cigarette de mon paquet, dans lequel il piocha sans rien me demander.

Je rompis le silence :

— Trente minutes de temps de pose, disiez-vous… Sans doute avez-vous « ouvert » en cherchant à limiter au maximum les effets de la turbulence atmosphérique sur l'image… disons quinze minutes avant le passage au méridien de…

— Gamma Cephei…

— Et la pointe de Céphée au méridien à vingt-trois heures, n'est-ce pas Andromède au plus haut dans le ciel à minuit ?

— Depuis la nuit des temps !

— Plutôt de mémoire d'homme… Vous oubliez la précession des équinoxes.

— Vous avez raison !

— C'est une photo anniversaire en quelque sorte. Elle aura un an de plus cette nuit !

Je connaissais ce regard. Laiderman chercha quelque chose au fond de mes yeux, comme au fond du ciel.

Il se leva et, les mains dans les poches, se posta devant le cadre.

— Un simple appareil, murmura-t-il, un « reflex » fixé en parallèle sur mon télescope. Deux heures de réglages pour compenser au mieux la course apparente des astres, avec mon matériel, trente minutes sans dérapage, quelle réussite !

Très calmement, il ajouta :

— Vous êtes… ? Aidez-moi, je vous prie !

— Votre dernier rendez-vous.

— Je dispose de combien de temps, Krems ?

— Dans une heure, la police sera là.

Laiderman sortit un petit flacon qu'il ouvrit.

— Monsieur, je dois m'absenter dix minutes. Une partie d'échecs semi-rapide, est-ce que cela vous dit ?... je vous raconterai en jouant. Si vous préférez, j'ai là de quoi mourir instantanément ! Que décidez-vous ?

— Prenez ce temps, ne nous privons pas d'un Dragon.

Il sortit d'un pas tranquille.

Un dernier adieu à Louise ? Mon émotion me submergeait, je m'imposais de ne pas penser. Je jouais aux échecs, j'affrontais un autre imaginaire. Le hasard régnait alors en maître absolu sur l'échiquier. J'étais dans cet exercice au plus près de la machine, jouant contre moi-même, spectateur absent, n'existant plus que dans mon étonnement à ressentir ma division.

La voix de Laiderman m'interrompit : il renvoyait les patients de la salle d'attente. La secrétaire s'étonna, je l'entendis ajouter : « Je ne veux être dérangé sous aucun prétexte ! »

Il campait devant moi, un grand sac plastique à la main. Il en sortit des pièces d'échecs dont le verni au sommet de chacune était poli par l'usage. Il me confia :

— Un cadeau de mon père pour mes sept ans ! Avez-vous déjà remarqué que l'on s'empare d'une pièce pour la déplacer comme on tient un crayon ! L'auriculaire et le médium ne servent à rien à ce jeu.

Il déposa trois bouteilles de Laffite Rothschild 66 et deux verres en cristal sur son bureau. Il ouvrit un des bordeaux et versa le vin précautionneusement en disant : « Laissons aérer quelques minutes. » L'échiquier était en plastique souple, je tenais la pendule. Laiderman disposa les pièces et me demanda :

— Trente minutes chacun ?

— Nous allons déborder... nous ne disposons plus que de trois quarts d'heure.

— Notre partie peut trouver son terme avant que ce temps ne soit écoulé... Et si nous ne la terminons pas, à qui manquera cette fin ?

Laiderman m'avait imposé les blancs et sans surprise, sur E4, il joua une sicilienne : C5, cavalier F3... G6, la variante du Dragon hyper accéléré.

— Louise est morte, me dit-il, la gorge nouée. Un anesthésique, puis le poison auquel vous avez échappé... Je regrette pour le jeune inspecteur, je suis mortifié. Buvez ce vin, Krems !

Je portai le verre à mes lèvres, il sourit en me disant :

— Avez-vous peur de boire ?

— J'ai une appréhension, mais je suis joueur. Déguster et penser tout à la fois que cette robe et ce bouquet me tuent : quel divin cocktail !

Il plaça son fou en fianchetto, appuya sur la pendule : mon temps s'égrenait à nouveau.

— Louise, enfin... Marie de Painefleur était une de mes patientes. Son père a été la victime d'un notaire qui s'est enfui au bout du monde après

l'avoir escroqué. La famille Painefleur était en vacances au moment où ce type qui avait des procurations sur les comptes bancaires a fait son coup. Son père et sa mère en sont morts... Marie terminait à l'époque ses études au conservatoire, elle était violoncelliste. Lorsqu'elle ne jouait pas, elle dansait... du classique. Le suicide de ses parents l'a plongée dans une infinie tristesse, la vente des biens de sa famille l'a rendue haineuse. Tous les notables, huissiers, notaires, commissaires-priseurs qui venaient régulièrement aux soirées des Painefleur organisèrent la curée dont ils furent la meute. Marie n'a pas même sauvé son violoncelle, un bijou qu'elle tenait de son grand-père paternel. Combien de fois m'a-t-elle parlé des larmes de cet homme, lorsque, adolescente, déjà virtuose, son archet faisait chanter les cordes de l'instrument. Elle arrêta de jouer ! Un jour, je me suis ruiné pour lui en offrir un.

Krems... j'ai détruit toutes les cassettes enregistrées, si vous aviez entendu cette musique ! Auprès d'elle, l'âme de son instrument s'emparait de la mienne et commandait jusqu'au rythme de ma respiration. Parfois, elle jouait nue, son violoncelle calé entre ses cuisses, ses seins l'effleurant, elle et lui ne formant plus qu'un corps fait de chair et de bois. Puis elle le posait avec mille précautions et s'emparait de moi. Je perdais la mémoire, les arrangements infinis, sensés et insensés, de tous les mots du monde ne pouvaient qu'être en deçà de la réalité de l'instant. Entre ses cuisses, dans ses bras, dans l'air de son souffle, j'étais ce bois mort… Je ne sais plus combien de femmes m'ont séduit, ni combien j'en ai aimé, mais lorsque Marie me serrait contre elle, je perdais mes limites et j'éprouvais ce sentiment « océanique » dont parle Freud, cette sensation d'avant la différenciation entre le corps et le monde extérieur.

Avant notre rencontre, elle s'est tuée au travail, mille tâches pour rembourser l'emprunt contracté pour récupérer le violoncelle qui enchantait la demeure des Painefleur depuis quatre générations… Jouez, Krems, votre temps s'égrène !

Six coups blancs, cinq coups noirs, son temps se réduisait et le mien s'arrêtait, il reprit :

Les enchères étaient truquées, des objets de grande valeur circulaient. Un huissier parisien, en cheville avec le commissaire-priseur, avait récupéré le violoncelle qui valait une fortune. Pour le compte de la petite, un oncle décédé l'an passé négocia son rachat : vingt mille francs sur la table et quatre-vingt mille dessous. Après paiement, ce qui fut remis au négociateur était un autre instrument, ancien, mais ordinaire : Lebuc avait vendu deux fois le même objet et prétendit qu'il avait remis au vieil oncle le seul violoncelle qu'il ait jamais possédé ! Il inversa les rôles en le traitant d'escroc et le menaça même de le poursuivre en justice.

Deux ans plus tard, à l'occasion d'un récital, Marie vit son instrument coincé entre les genoux du virtuose. Renseignements pris, le concertiste l'avait acheté cent vingt mille francs à Dablaisse, vingt mille francs sur la table... et une facture de Lebuc. La transaction était antérieure de quelques semaines à celle de l'oncle de Marie.

Voilà dix ans que Marie et moi... Le commissaire-priseur et l'huissier qui ont détruit les Painefleur ont été empoisonnés à un an d'intervalle, une petite potion dont j'ai le secret, une substance toxique qui ne laisse aucune trace après quelques heures, et qui produit un arrêt cardiaque des plus « naturels ».

Se venger était notre obsession. Marie attendait la disparition de son oncle : elle pensait le frère de sa mère tout à fait capable de lier l'histoire du violoncelle à la mort de cette canaille de Lebuc. Dablaisse était une fripouille, un mafieux planqué dans l'ombre de la loi. Mais elle avait pour lui moins de haine que pour Lebuc : voilà pourquoi elle ne l'a pas totalement mis en pièces !

Quelques coups sur l'échiquier rythmés par le claquement sec de la pendule s'enchaînèrent. Nous nous penchâmes en même temps pour regarder les cadrans et nos têtes se heurtèrent. Je dis :

— Il vous reste dix-neuf minutes... contre vingt et une : Clortier, Quitray, Sélène ?

— L'histoire concerne mes parents. Les détails de la vente des biens de ma famille après leur faillite est sans importance, la police trouvera... Mais ces trois canailles !

Laiderman, tremblant, les yeux soudainement fous, sortit de son sac plastique une poupée sans tête, habillée d'une robe aux couleurs passées. Les che-

villes, les pieds et les doigts en ivoire étaient l'œuvre d'un orfèvre.

— Cette merveille, me dit-il, date du dix-huitième, un objet de famille sur lequel mon père posait chaque jour un regard attendri... Ma grand-mère, et d'autres avant elle, ma mère, ont cousu pour cette lutine des garde-robes entières ! Quand j'avais dix ans, juste avant que Clémence ne meure, il arrivait encore que ma mère et elle attrapent nerveusement leur boîte à couture et lui confectionnent en riant de nouveaux habits. Ma mère a laissé sur cette poupée la dernière robe du dimanche qu'elles ont cousue ensemble. Clémence avait rebaptisé cette éternelle enfant « Andromède ».

Il s'interrompit quelques secondes. Je jouai mon quinzième coup. Puis il reprit, sur son temps :

— J'avais une obsession : récupérer Andromède, je me foutais du reste. La poupée était entre les mains d'un commissaire-priseur parisien qui organisait une vente aux enchères d'objets d'art du XVIIIe*. J'avais emprunté à ma famille l'équivalent d'un an de nuits de travail. Dans les jours précédant la vente, je vins deux fois regarder Andromède dans sa vitrine : les bras, les jambes, la tête avaient été désarticulés et une petite robe chiffonnée la recouvrait en partie. Le jour de la vente, Quitray, le commissaire-priseur, présenta le « lot 31 » — un clin d'œil du destin ! — en pièces dans un sac en plastique sale.*

Je fus étonné de l'absence de mise en valeur de l'objet et ce d'autant plus que Quitray savait mieux que personne chauffer une salle. En m'approchant, je reconnus les membres et la robe d'Andromède... La mise à prix fut de trois mille francs, un prix étonnamment bas. Elle valait vingt ou trente fois ce montant... Pensez si j'étais content !

Quitray agita le sac du bout des doigts, l'air écœuré. La mise à prix dégringola à deux mille francs... je levai la main, le commissaire-priseur me foudroya du regard... Quelqu'un fit signe, je surenchéris sans délai... six mille cinq... sept mille... quinze mille... vingt-cinq mille ! Un coup de marteau plus violent qu'au terme des ventes précédentes, Andromède était à moi !

Je regardai contre qui j'avais lutté : Clortier, que je prenais pour une cliente parmi d'autres. Après avoir rédigé un chèque, j'attendis comme il était « d'usage », me dit-on, la fin de la vente pour récupérer la poupée. Quelques personnes échappaient à l'attente et partaient immédiatement avec leur lot. Je pensais à des habitués, des professionnels connus de l'officier ministériel. Je me doutais que « l'usage » cachait un travail qui se faisait en coulisse : le contrôle de ma solvabilité. Je signai un reçu, mon cœur martelait, la salle était presque vide, j'ouvris le sac : la tête et le cou d'Andromède, une seule et même pièce en bouchon de carafe n'y étaient pas !

Je cherchai Quitray, on me fit savoir qu'il était parti. Par la suite, je ne suis jamais parvenu à le rencontrer. Un jour que je faisais le pied de grue devant sa porte, bien décidé à lui parler, il arriva bras dessus, bras dessous avec celle qui avait suivi l'enchère. Une petite filature et je finis par savoir qu'elle était huissier… Au téléphone, Quitray m'expliqua que j'avais acheté le contenu d'un sac plastique et qu'il doutait que cette tête ait jamais existé. Dans la vitrine, la poupée était présentée en morceaux, il n'avait jamais vu de visage à cette « chose », m'assura-t-il, alors que j'avais repéré sa présence dans le volume de la robe qui la recouvrait habilement.

Il ne nous reste que neuf minutes chacun, constata-t-il. À vous, Krems : la partie est tendue, je ne sais pas qui est mieux, c'est compliqué !

Il remplit nos verres. Son geste sembla douloureux, il respirait mal.

— Et Sélène ?

— J'ai menacé Quitray de le poursuivre en justice. Un huissier qui lui avait confié quelques miniatures anciennes à vendre affirma avoir examiné le lot 31 et attesta que cette tête que je réclamais était imaginaire. Dès lors que l'objet que j'avais acheté était conforme à celui qui avait été exposé, je n'avais aucun recours. Le pire, c'est que pour preuve de sa bonne foi, Quitray me proposa de me racheter le corps d'Andromède au prix que je l'avais payé ! J'ai laissé le temps passer, en attendant mon heure. J'avais en tête que ces gens-là devaient magouiller sans cesse et qu'avec les années, l'accumulation des sales coups et des haines, l'histoire de la tête d'Andromède, tel un petit nuage d'été dans le soir, se dissiperait dans leurs mémoires.

— Il y a des rescapés ? Vous écriviez dans votre dernière lettre avoir encore quatre comptes à régler… Trois, puisque Sélène est mort.

— Nous comptions « saisir » à nouveau Dablaisse, Clortier et Quitray dans deux ans ! J'avais en tête de les réunir tous les trois et…

Laiderman était pâle, il tremblait.

— Six minutes chacun, Krems. Acceptez Andromède en cadeau, ainsi que Céphée qui est au mur, ces deux bordeaux 66 et mon jeu d'échecs. Je ne voulais pas tuer ce jeune inspecteur et vous non plus d'ailleurs, mais je devinais votre présence. Marie, j'avais si peur pour elle. Dites-moi : la première lettre au cercle vous aurait tué, n'est-ce pas ?

— À coup sûr !

— J'étais décidé. Marie m'a fait un signe de la tête. Elle a pris son violoncelle et m'a dit : « Pas lui, je t'en prie, il te ressemble tant » ! La carte musicale, elle n'a pas su. Quatre minutes, jouez, Krems. Le reste n'est que détail : ma cuisine, ma voiture, le train, la pharmacie de la clinique. Notre haine pour ces créatures sordides et cupides n'a jamais faibli. Marie était complètement folle, mais sa folie, Krems, vous aurait fait perdre la tête. Je connaissais les harmonies, les crescendo du violoncelle qui produisaient un mauvais vent annonciateur de larmes, de tourmente et de rage.

Sa main stoppa la pendule.

— Avant la psychiatrie, j'ai étudié la pharmacologie et l'anesthésiologie. J'ai parfaitement dosé mon cocktail afin de profiter jusqu'au dernier moment

de votre présence : toute mon insuline rapide y est passée, ma vue se trouble, deux minutes encore. Surtout ne bougez pas : ma mémoire s'évanouit. Krems, Andromède, Céphée, le vin, ce jeu qui me vient de mon père : les prendrez-vous ?

— Oui.

— Je vous en prie, Krems, brisez Andromède et brûlez mes pièces si vous ne voulez rien de moi, je n'ai plus la force de le faire moi-même…

— Laiderman, j'accepte cet héritage. À mon heure, je le transmettrai avec son histoire, je vous en fais la promesse.

— Merci… J'ai brisé le violoncelle et l'archet de Marie. J'éprouve ce sentiment « océanique » dont je parlais tout à l'heure, je ne sens plus mes mains, mes pieds, j'ai froid, je suis bien… Marie, lorsque nous faisions l'amour, ma tête était vide de fantasme : aucun montage imaginaire pour soutenir l'acte. Aussi, avec elle, je n'éprouvais pas cette tristesse très masculine dans « l'après », ce moment où nous revient à l'esprit ce qui conditionne notre désir : ces leurres dont on a affublé l'autre pour parvenir à s'en satisfaire. Est-ce croyable, Krems, de jouir ainsi d'une femme ?

La tête parmi les pièces éparpillées de l'échiquier, il était pareil à un enfant qui s'endort sur son pupitre. Nos têtes se touchaient : j'avais ma main dans ses cheveux, je lui susurrai doucement à l'oreille :

— Laiderman, je n'ai jamais rien entendu d'aussi effrayant ! Est-ce Dieu possible de jouir d'une femme

sans fantasme ? Êtes-vous sûr de n'avoir pas refoulé aux confins de votre mémoire cette pensée, cette horreur sans laquelle nos désirs se résorbent dans nos besoins ?

Il voulut rire, mais n'y parvint pas. Il murmura :

— L'horreur, il n'est question que d'elle. Krems... les Champs-Élysées de Virgile sont au cœur de l'enfer. Je n'y vois plus, tout s'efface, je ne sais plus qui je suis... Qui parle, Krems ?

J'entendis des pneus écraser des graviers. Une minute encore...

— Laiderman... il est temps de vous laisser gagner par ce sommeil sans rêves. J'emporte vos souvenirs.

ÉPILOGUE

Deux années se sont écoulées, le préfet a une ambassade, le ministre aussi. Lepintre a poussé son divisionnaire à la retraite et j'ai refusé une importante promotion. Depuis la fin de cette aventure, j'avais la pensée obsédante d'en laisser une trace, ma tâche est achevée ; l'acte est libératoire.

J'ai beaucoup écrit dans ce café d'où l'on embrasse le profil de Notre-Dame. Deux ou trois fois par an, je soupe avec Lepintre et Krems. La dernière fois, le psy a apporté un Laffite Rothschild 66.

Je sais reconnaître la constellation d'Andromède et lire l'heure dans sa course autour du septentrion. Les nuits sans lune, je discerne la nébuleuse, cette spirale de milliards d'étoiles, et dans l'agitation et le bruissement des feuilles de lierre, qui seules savent faire geindre un mur, j'entends la colère de Louise qui semble venir d'aussi loin que la pâle lumière de M31.

DU MÊME AUTEUR

Aux Éditions Baleine

MAINMORTE, 1988 (Folio Policier nº 302)

PETITES MORTS DANS UN HÔPITAL PSYCHIATRIQUE DE CAMPAGNE, 1999 (à paraître en Folio Policier)

Aux Éditions Lignes noires

RACHEL, LA DAME DE CARREAU, 2000

Aux Éditions Gallimard

LES JOUETS, 2001

LA MACHINE À JOUIR, 2003

COLLECTION FOLIO POLICIER

Dernières parutions

226. William Irish — *La mariée était en noir*
227. José Giovanni — *Le trou*
228. Jérome Charyn — *Kermesse à Manhattan*
229. A.D.G. — *Les trois Badours*
230. Paul Clément — *Je tue à la campagne*
231. Pierre Magnan — *Le parme convient à Laviolette*
232. Max Allan Collins — *La course au sac*
233. Jerry Oster — *Affaires privées*
234. Jean-Bernard Pouy — *Nous avons brûlé une sainte*
235. Georges Simenon — *La veuve Couderc*
236. Peter Loughran — *Londres Express*
237. Ian Fleming — *Les diamants sont éternels*
238. Ian Fleming — *Moonraker*
239. Wilfrid Simon — *La passagère clandestine*
240. Edmond Naughton — *Oh ! collègue*
241. Chris Offutt — *Kentucky Straight*
242. Ed McBain — *Coup de chaleur*
243. Raymond Chandler — *Le jade du mandarin*
244. David Goodis — *Les pieds dans les nuages*
245. Chester Himes — *Couché dans le pain*
246. Elisabeth Stromme — *Gangraine*
247. Georges Simenon — *Chemin sans issue*
248. Paul Borelli — *L'ombre du chat*
249. Larry Brown — *Sale boulot*
250. Michel Crespy — *Chasseurs de tête*
251. Dashiell Hammett — *Papier tue-mouches*
252. Max Allan Collins — *Mirage de sang*
253. Thierry Chevillard — *The Bad leitmotiv*
254. Stéphanie Benson — *Le loup dans la lune bleue*
255. Jérome Charyn — *Zyeux-Bleus*
256. Jim Thompson — *Le lien conjugal*
257. Jean-Patrick Manchette — *ô dingos, ô châteaux !*
258. Jim Thompson — *Le démon dans ma peau*
259. Robert Sabbag — *Cocaïne blues*
260. Ian Rankin — *Causes mortelles*
261. Ed McBain — *Nid de poulets*
262. Chantal Pelletier — *Le chant du bouc*
263. Gérard Delteil — *La confiance règne*
264. François Barcelo — *Cadavres*
265. David Goodis — *Cauchemar*
266. John D. MacDonald — *Strip-tilt*

267. Patrick Raynal	*Fenêtre sur femmes*
268. Jim Thompson	*Des cliques et des cloaques*
269. Lawrence Block	*Huit millions de façons de mourir*
270. Joseph Bialot	*Babel-Ville*
271. Charles Williams	*Celle qu'on montre du doigt*
272. Charles Williams	*Mieux vaut courir*
273. Ed McBain	*Branle-bas au 87*
274. Don Tracy	*Neiges d'antan*
275. Michel Embareck	*Dans la seringue*
276. Ian Rankin	*Ainsi saigne-t-il*
277. Bill Pronzini	*Le crime de John Faith*
278. Marc Behm	*La Vierge de Glace*
279. James Eastwood	*La femme à abattre*
280. Georg Klein	*Libidissi*
281. William Irish	*J'ai vu rouge*
282. David Goodis	*Vendredi 13*
283. Chester Himes	*Il pleut des coups durs*
284. Guillaume Nicloux	*Zoocity*
285. Lakhdar Belaïd	*Sérail killers*
286. Caryl Férey	*Haka*
287. Thierry Jonquet	*Le manoir des immortelles*
288. Georges Simenon	*Oncle Charles s'est enfermé*
289. Georges Simenon	*45° à l'ombre*
290. James M. Cain	*Assurance sur la mort*
291. Nicholas Blincoe	*Acid Queen*
292. Robin Cook	*Comment vivent les morts*
293. Ian Rankin	*L'ombre du tueur*
294. François Joly	*Be-bop à Lola*
295. Patrick Raynal	*Arrêt d'urgence*
296. Craig Smith	*Dame qui pique*
297. Bernhard Schlink	*Un hiver à Mannheim*
298. Francisco González Ledesma	*Le dossier Barcelone*
299. Didier Daeninckx	*12, rue Meckert*
300. Dashiell Hammett	*Le grand braquage*
301. Dan Simmons	*Vengeance*
302. Michel Steiner	*Mainmorte*
303. Charles Williams	*Une femme là-dessous*
304. Marvin Albert	*Un démon au paradis*
305. Frederic Brown	*La belle et la bête*
306. Charles Williams	*Calme blanc*

Composition Interligne
Impression Novoprint
à Barcelone, le 10 juin 2003
Dépôt légal : juin 2003

ISBN 2-07-042590-8/Imprimé en Espagne.

14463